G. HAUG
HÖLLENFAHRT

Inhalt

Der Heilbronner Kommissar Horst »Hotte« Meyer glaubt im falschen Film zu sein. Ausgerechnet bei der Zugfahrt im Regional-Express von Stuttgart nach Tuttlingen widerfährt ihm Merkwürdiges: Er befindet sich in (fast) derselben bedrückenden Situation wie vor knapp zehn Jahren eine junge Frau, die zum rätselhaften Opfer einer Bluttat geworden ist. Und was dem unermüdlichen Ermittler damals viele schlaflose Nächte bescherte, ist plötzlich wieder da ...
Handelt es sich bei der toten Frau im Zugabteil wirklich um eine Rauschgift-Dealerin, ist sie tatsächlich ermordet worden und was hat das alles mit der Tatsache zu tun, dass ein baden-württembergischer Spitzenpolitiker mehrmals in der Woche im selben Zug nach Stuttgart reist? ... Erinnerungen, die sich vor dem Kommissar auftürmen, der inzwischen selbst regelrecht in der Klemme sitzt.

Schwabenkrimis im Armin Gmeiner Verlag:
die mit dem besonderen Pfiff!

Gunter Haug hat nach einem guten Dutzend Büchern zur Landesgeschichte jetzt bereits seinen fünften Kriminalroman vorgelegt. Schon seine bisherigen Krimis »Tiefenrausch«, »Riffhaie«, »Sturmwarnung« und »Todesstoß« sind bei den Rezensenten auf begeisterte Zustimmung gestoßen.
Haug ist Abteilungsleiter im Fernseh-Landesprogramm beim SWR. 1996 erhielt er den deutschen Preis für Denkmalschutz.

G. HAUG
HÖLLENFAHRT

SCHWABENKRIMIS
IM GMEINER VERLAG

Die Deutsche Bibliothek – CIP-Einheitsaufnahme
Haug, Gunter:
Höllenfahrt / G. Haug. -
Meßkirch : Gmeiner, 2001
(Reihe Schwabenkrimi)
ISBN 3-926633-49-2

http://www.gmeiner-verlag.de
eMail: info@gmeiner-verlag.de

1. Auflage 2001
Lektorat: Isabell Michelberger, Meßkirch
Umschlaggestaltung: Frank Heine, Stuttgart
Gesetzt aus der 10/14 Punkt Stempel Garamond
Druck: Elsnerdruck GmbH, 10722 Berlin
Printed in Germany

Und da heißt es immer:
»Reisen bildet!«

Im übrigen: In jedem Buch
steckt auch ein Stückchen Wahrheit!
Irgendwo – irgendwann ...

Prolog

»Das darf doch wohl nicht wahr sein!« Entgeistert starrte Horst auf das silbern glänzende Metallteil in seiner rechten Hand. »Was soll das denn jetzt wieder darstellen?«

In Wirklichkeit wusste er leider nur allzu genau, was das Ding in seiner Hand zu bedeuten hatte – auch wenn es nie und nimmer dorthin gehörte! Sekundenbruchteile nur hatte es gedauert, bis sich die ganze ernüchternde Wahrheit in all ihrer Unbarmherzigkeit vor ihm auftat: Bei dem Metallteil handelte es sich um die Klinke der Toilettentüre im Eisenbahnwaggon des Regional-Express Stuttgart – Tuttlingen! Und um noch eins auf die Peinlichkeit der ganzen Situation draufzusetzen: Es handelte sich natürlich um die innere Klinke der Tür. Dies bedeutete in Wirklichkeit also nicht mehr und nicht weniger, als dass der Kriminalkommissar Horst Meyer nun in der Zugtoilette eingeschlossen war: irgendwo zwischen Böblingen (dessen Bahnhof sie vor einigen Minuten verlassen hatten) und Herrenberg!

Verzweifelte Wut stieg in dem Fahrgast auf. »Das ist ja wohl nicht möglich! Das gibt's doch auf keinem Schiff!« Natürlich war er sich im Klaren darüber, dass er sich nicht auf einem Schiff, sondern im Eilzug befand, den sie neuerdings (im doppelten Wortsinn dem Zug der neuen Zeit folgend) Regional-Express nannten. Warum war er aber auch nicht früher in Heilbronn losgefahren, dann hätte er im Stuttgarter Hauptbahnhof noch den ICE in Richtung Zürich erreichen kön-

nen. Aber so war dieser ihm direkt vor seiner Nase davongefahren und er hatte zähneknirschend mit dem »Regional-Express« Stuttgart – Zürich vorlieb nehmen müssen.

Die Waggons des »Regional-Express« unterschieden sich in nichts von denen des guten alten Eilzugs, der bis zu der vor einigen Jahren vorgenommenen Umbenennung auf der Strecke dahingerumpelt war: Diegleichen miefigen Abteile mit ihren abgewetzten Kunststoffsitzen, der diesen Uralt-Gefährten so eigene, unverwechselbare Geruch, eine Mischung aus Urin, Schweiß und abgestandenem Tabakrauch. Das ohrenbetäubende Quietschen der Bremsen, die ständig durch die Waggons pfeifende Zugluft, die nie ganz herunterzudrehende Heizung: Eisenbahnromantik pur!

Und jetzt steckte er – Horst Meyer – drin, und zwar mittendrin! So hatte er sich die Reise nach Tuttlingen nun weiß Gott nicht vorgestellt: Erst den ICE zu verpassen, auf den er sich eigentlich gefreut hatte, wie ein Schuljunge und dann anschließend sozusagen als Krönung auch noch im miefigen Toilettenverschlag dieser Rumpelkiste festzustecken, wie eine Sardine in der Kiste! Das konnte ja heiter werden. Wehe, wenn die Kollegen bei ihrem Zusammentreffen in Tuttlingen die Geschichte mitbekommen würden, dann könnte er genauso gut wieder umdrehen. Immer noch besser, als das ganze Wochenende über Zielscheibe des beißenden Spotts von einem Haufen altgedienter Kriminalbeamter zu werden!

Der Kommissar bückte sich und inspizierte intensiv das Vierkantschloss unter der abgebrochenen Türklinke. Da war nichts zu machen – allerhöchstens mit einer Zange, aber ein solches Instrument pflegte er gewöhnlich nicht in der Hosentasche spazieren zu tragen! Stöhnend und kopfschüttelnd erhob sich Horst wieder. Jetzt war guter Rat teuer! Sich bemerkbar machen? Nun gut! Während der Fahrt war jeder Versuch in dieser Hinsicht sowieso von vornherein zum Scheitern verurteilt: So laut, wie die Blechbüchse da über den Schienenstrang holperte! Da war eh kein Wort zu verstehen!

Also am Bahnhof! Welcher kam als nächster? Horst überlegte nur kurz, schließlich war er die Strecke in früheren Jahren ja sicher schon tausendmal gefahren! Also Herrenberg! Ja, Herrenberg! Du meine Güte! Herrenberg!

Wie ein Stich schoss ihm die Erinnerung bittersüß durch sein Herz! Damals, als sie noch im Ammertal gewohnt hatten, Claudia, er und der kleine Fabian – Nina war zu dieser Zeit ja noch gar nicht auf der Welt gewesen! Das war noch vor der Versetzung nach Ulm gewesen – und erst recht vor seiner jetzigen Arbeitsstelle bei der Polizeidirektion Heilbronn!

Damals! Das Ammertal! Der sinnige, oft zitierte Spruch des Ochsenmetzgers Späth aus Tübingen-Lustnau vom Anfang des 20. Jahrhunderts kam ihm wieder in den Sinn, wie hieß der gleich noch? Richtig: »Die Erde ist kein Jammertal – am wenigsten im Ammertal!« Wie Recht der Mann doch hatte! Das herrlich-

hügelige Ammertal mit seinen Weinbergen, von denen er – Horst – höchstselbst einmal einen bewirtschaftet hatte: mühsamst und mit äußerst mäßigem Erfolg, aber dennoch!

Immer wieder verklärten sich seine Augen romantisch, wenn er auf der A 81 bei Herrenberg an diesem schönen Tal vorbeidonnerte, ohne anzuhalten. Das waren die Anfangsjahre ihrer Beziehung gewesen: Hier hatten die Meyers ihr erstes gemeinsames Haus bezogen, hier war der kleine Fabian auf die Welt gekommen und nie hätten sie gedacht, jemals wieder von hier fortzuziehen, obwohl ... Auch das musste Horst sich eingestehen: Der Menschenschlag in diesem Tal – er war in seiner Mehrzahl eben doch ein ganz eigener! Und nicht umsonst erzählt man sich heute noch die rauhen Gogenwitze, also die Anekdoten von den Tübinger und Ammertäler Wengertern, die an Derbheit nichts zu wünschen übrig ließen! Die schwierigen Lebensbedingungen in einer (witterungsbedingten) Grenzlage für den Weinbau hatten die Menschen über Jahrhunderte hinweg geprägt: Ein Erbe, das nicht so mir nichts, dir nichts einfach abzuschütteln war. Das steckte in den Menschen drin, irgendwie – und zwar bis auf den heutigen Tag.

Der dunkle große Schatten da hinter der Milchglasscheibe des Toilettenfensters: Ja, das musste die Herrenberger Stiftskirche sein, logisch! Die Glucke vom Gäu, wie sie im Volksmund genannt wurde, weil sie wie einen Glucke über ihren Küken mächtig auf dem Hang über der Stadt thronte und gleichsam Wache zu halten schien! Der Zug verlangsamte ganz allmählich seine Fahrt. Gleich würden sie am Herrenberger Bahnhof ankommen und dann, dann würde er hoffentlich einen Schaffner auf seine missliche Lage aufmerksam machen können – wenn möglich ohne größeres Aufsehen!

Herrenberg! Der Eilzug! Die Zugtoilette! Das Mensch! Wie ein Blitz aus heiterem Himmel schoss die Erinnerung an einen seiner ersten großen Kriminalfälle durch den Kopf des Kommissars! Wie lange war das denn schon her? Sechs, nein acht Jahre, oder waren es schon neun? Wie hatten sie den Fall später genannt? Richtig: Das Mensch! Nein, das war kein Artikulationsfehler: Das Mensch, so hieß es später im internen Sprachgebrauch der Polizeidirektion. Und das hatte seinen triftigen Grund! Wie war das noch mal gewesen mit »dem« Mensch? Der Kommissar schloss die Augen ... und mit einemmal war die Geschichte wieder da: So präsent, als sei sie erst gestern geschehen ... damals ... vor beinahe zehn Jahren ... Herrenberg ....

Kapitel I

»Jenseits Sakrament!« entfuhr es dem Bahnreisenden Horst Meyer an diesem wunderschönen Augustmorgen auf dem Bahnsteig von Herrenberg. »Da darf heut wieder mal der Lehrling den Zug durch die Gegend bewegen! Weiß der Pinsel denn nicht, wo man hier anzuhalten hat?« Die Frage war, von Horsts Perspektive aus betrachtet, absolut berechtigt – wozu hatte er schließlich in jahrelanger mühevoller Kleinstarbeit den idealen Standpunkt herausgefunden, an dem man sich, koste es was es wolle, platzieren musste, um zwischen dem Wagen erster Klasse und dem zweiter Klasse als erster in den ausrollenden Zug Konstanz – Stuttgart zu steigen. Denn nur der erste, allenfalls noch an einem günstigen Tag der zweite Sieger, besaß eine reelle Chance, einen der raren Sitzplätze im »Nichtraucher zweite Klasse« zu ergattern. Doch der Lokführer hatte heute Morgen offenbar wieder mal einen seiner »Zwanzig-Prozent-Tage«, an denen er sich ganz offensichtlich und womöglich noch provozierender Weise einen Dreck um Horsts sorgsam ausgeklügelte Strategie kümmerte, so dass der erst als Nummer acht in den Wagen steigen und nicht mal mehr einen Notsitz okkupieren konnte. Auf den beiden hochklappbaren Sitzgelegenheiten lümmelten jetzt tatsächlich rotzfrech grinsend zwei Pennäler, Pickel im Gesicht, Stöpsel in den Ohren und irgendwelche Gameboy Computerspiele in den Fingern. »Gott sei Dank kommt bald die S-Bahn, dann ischs besser«, beschwor Horst die goldenen Zeiten, deren Beginn seit Jahren schon immer wieder verschoben wurde, bis Herrenberg am südlichen Zipfel des Mittleren Neckarraums endlich einen S-Bahn Anschluss bekommen würde.

»Oh, glauben Sie das bloß net, dass es dann besser wird, dann fahren noch mehr Leute vom Bahnhof aus, dann kriegen Sie net mal mehr einen Parkplatz im Parkhaus«, übte sich der Mit-Leidensgenosse, der sich neben Horst vor der Zugtoilette die Beine in den Bauch stand und den verzweifelten Versuch unternahm, bei dem Gedränge und Geruckel Zeitung zu lesen, wieder mal in Pessimismus. »Die haben meiner Meinung nach einen Vertrag mit dem Daimler, dass sie das Parkhaus so klein gemacht haben. Wenn man recht guckt, dann haben die noch dafür kassiert, dass sie die Leute zwingen, dann halt weiter Auto zu fahren.«

»Oh Gott, schon wieder die alte Leier«, seufzte Horst schicksalsergeben in sich hinein, »fällt dem denn nicht mal eine neue Theorie ein!« Doch immerhin, so kam man wenigstens ins Gespräch, was allemal besser war, als nur so vor sich hin zu glotzen und stumpfsinnig eine halbe Stunde Zugfahrt totschlagen zu müssen – obwohl ja Mord- und Totschlag das Spezialgebiet von Horst war, nur halt nicht beim Zugfahren, sondern dienstlich, versteht sich.

»Da gucket se, da isch sie wieder«, stupfte der Nachbar, der seinen aussichtslosen Kampf mit der Zeitung unterbrochen hatte, Horst an der Schulter.

»Wer, wieder?«, brummelte dieser verständnislos.

»Ha wer denn wohl! Die Schwarzfahrerin von neulich ...«, sprachs und schon drückte sich eine füllige Endzwanzigerin an den beiden vorbei, die prall gepackte Sporttasche wie ein überdimensionales Kriegsbeil drohend vor sich herschwenkend: zack – und zu war die Toilettentür, genau fünf Sekunden, bevor sich das Unheil in Form des Schaffners durch das überfüllte Abteil gequetscht hatte.

»Mein Gott, die düftelt aber wieder mal ordentlich nach Menschenfleisch, und das an einem Montagmorgen, da isch ja jeder gestraft, der die am Kragen packt. Wieder typisch deutsche Bundesbahn, da stinkt's wie die Pest und man kann net mal das Fenster hier aufmachen«, Horst versuchte vergeblich eine Entriegelung am Wagenfenster zu finden, um frische Luft ins Innere zu lassen.

»Wo isch des Mensch, isch sie wieder im Klo?«, der Schaffner, ein grauhaariger Mann Mitte Fünfzig, an dessen Bauch die hohen Tarifabschlüsse der Vergangenheit deutliche Spuren hinterlassen hatten, keuchte die ultimative Frage von sich.

»Einen Mordsranzen hat der«, dachte sich Horst, nahezu auf Hautkontakt mit dem Dicken. Heftig schnaufend stand dieser vor den beiden sitzplatzlosen Zugreisenden.

»Tja, wer zu spät kommt, den bestraft das Leben«, spöttelte Horst, dankbar für diese kleine Abwechslung im tristen Eilzugalltag.

Mit dieser süffisanten Bemerkung freilich handelte er sich einen Blick des Dicken ein, der mehr als deutlich zu verstehen gab, dass solche Beweise von präziser Formulierungskunst auf alles andere als fruchtbaren Boden stießen.

»Ja isch sie's jetzt oder isch sie's net? Sie müssen des Mensch doch gesehen haben!«, fauchte der Schaffner, dessen Gesichtsfarbe sich von hell- allmählich in dunkelrot zu verändern begann, gerade so wie sich die beachtliche, von feinen blauen Äderchen durchzogene Nase sowieso schon präsentierte.

»Mein lieber Mann, mit deinem Riechkolben machst du auch keinem weiß, dass du zu Hause nur Heilwasser trinkst!«, fuhr Horst für sich in seiner vergnüglichen Personenbeobachtung fort.

Nun begann auch der Nachbar, in das Gespräch mit einzusteigen: »Wen meinen sie denn?«, gab er sich mit hundsgemeiner Unschuldsmiene völlig ahnungslos.

»Ja Herrgottsakrament, wen meine ich wohl, die Schwarzfahrerin natürlich! Ich hab ihnen doch schon oft genug von dem Mensch erzählt und sie haben sie doch auch schon gesehen, beim letzten Mal, wo ich sie geschnappt hab. Also los, jetzt saget sie schon, isch sie da drin, oder isch sie's net!« Die Beherrschung des Dikken war nun endgültig beim Teufel und wütend rückte er die Dienstmütze zurecht, die seinem Quadratschädel ein besonders tragikomisches Aussehen verlieh.

»Also erstens, wir sind nicht Ihre Schuljungen und zweitens, selbst wenn wir es wüssten, Vollzugsbeamte sind wir auch keine. Drittens, etwas mehr Höflichkeit stände auch einem normalen Eilzugschaffner nicht schlecht zu Gesicht, da nehmen Sie sich mal ein Beispiel an ihren Kollegen vom ICE«, gab der Mitfahrer der Sache nun völlig unvermutet eine neue Wendung. Also gemein konnte der aber auch sein, den armen Dikken erst auf die Palme zu jagen und hinterher nach allen Regeln der Kunst fertig zu machen, dachte Horst für sich: »Da hat der uns mal in einem schwachen Moment gestanden, dass er sich auch für den ICE beworben hat und dass sie ihn nicht genommen haben, was er gar nicht hat verstehen können und jetzt haut ihm der die ICE Geschichte auch noch um die Ohren.«

»Rutschen Sie mir doch den Buckel runter mit Ihrem ICE«, grummelte denn auch der Dicke nun mit allmählich sich ins Violette verändernder Gesichtsfarbe und klopfte heftig gegen die Toilettentür. »Kommen Sie sofort da raus, ich weiß, dass Sie da drin sind, sperren Sie auf, Sie haben sowieso keine Chance, spätestens in Stuttgart sind Sie fällig, da hol ich die Bahnpolizei und dann wird's teuer für Sie!«

Doch auf der Toilette blieb alles still – kein Mucks, nichts bewegte sich, am allerwenigsten die Türverriegelung. »Also gut, Sie wollen es nicht anders, ich bleibe hier stehen bis Stuttgart und dann holen wir Sie raus, ob Sie wollen oder net. Aber dann, das sag ich Ihnen, dann ischs passiert!«

Kein Mensch ahnte zu diesem Zeitpunkt, auf welche Art und Weise sich der Inhalt dieses Satzes im

Hauptbahnhof bewahrheiten sollte, am allerwenigsten der Dicke, der sich nun Hilfe suchend umschaute, bis er am Ende des Wagens zweiter Klasse seinen Kollegen erblickte: »Du Werner, komm doch mal her«, rief er ihm über die Köpfe der Reisenden zu, und eine Minute später hatte sich der zweite Zugschaffner an den Ort des Geschehens herangearbeitet.

»Also da drin isch sie, die Schwarzfahrerin, und meint, sie könnte uns dieses Mal wieder durch die Lappen gehen«, erklärte der Dicke den Sachverhalt und machte auch gleich deutlich, wer von den beiden im Zug das Sagen hatte. »Du stellst dich jetzt hier vors Klo und schnappst sie, falls sie vorher versucht rauszukommen. Lass sie aber ja nicht aus den Augen. So Fräulein«, wandte er sich mit erhobener Stimme danach wieder in Richtung Toilettentür. »Da steht jetzt mein Kollege und in Stuttgart sind Sie fällig.«

Immer noch rührte sich nichts hinter der Tür und mit einer ärgerlichen Geste wälzte sich der Dicke nun weiter, um die restlichen Fahrscheine zu kontrollieren. Mit allen Anzeichen der Verstimmung bezog derweil der Kollege Stellung vor der Klotür, ein untersetzter Mensch, aber offensichtlich durch Bodybuilding gestählt, Anfang dreißig, Typ ›Hans Dampf in allen Gassen‹ und Horst vom ersten Blick an irgendwie unsympathisch. »Solche Leute gibt's halt«, philosophierte Horst in sich hinein, »die hat man kaum richtig angeguckt, und schon weiß man, dass man mit denen abends nicht unbedingt ein Bier trinken würde. Wieso das so ist, weiß man selber nicht, aber so isch es eben«, schloss er seine Betrachtungen, in guten alten schwäbischen Fatalismus versinkend, ab.

Zu seinem Nachbarn gewandt versuchte er nun, das Gespräch wieder in Gang zu bringen: »Wenn die mit ihrer saudummen Kontrolliererei wenigstens aufhören würden, solange der Zug derart vollgestopft ist ...«

Doch der Nachbar hatte offenbar nur einen Blick für die Zugtoilette und schien offensichtlich gespannt darauf zu warten, wann und ob die Frau hinter der Tür irgendwann einen Ausbruchsversuch wagen würde. »Wieso holt der eigentlich nicht einfach seinen Vierkantschlüssel aus der Tasche und macht die Tür auf, dann wäre das ganze Theater ruck, zuck vorbei?«, überlegte er laut, Horsts vorherige Feststellung einfach ignorierend.

»Weil das ein Eingriff in die Intimsphäre wäre, stellen Sie sich vor, es ist vielleicht doch nicht eine Schwarzfahrerin da drin, sondern es sitzt eine ganz normale Reisende auf dem Klo, der es halt wirklich pressiert hat, und dann macht der auf – außerdem: Das grenzt an Freiheitsberaubung und ...«

»... und für Freiheitsberaubung ist die Polizei zuständig«, ergänzte der Nachbar albern kichernd, natürlich ahnungslos, dass er gerade einem Freiheitsräuber namens Horst Meyer sein infantiles Geschwätz an den Kopf geworfen hatte.

»Natürlich ist es in dem Fall die Bahnpolizei«, knurrte der, ohne große Lust zu verspüren, dem Trottel seine Identität preiszugeben.

»So – jetzt bin ich aber gespannt, wo der denn hin will«, deutete der Hauptkommissar inkognito wenig später auf einen schlaksigen blassen Jüngling, der anscheinend nichts Dringenderes zu tun hatte, als sich eilends durchs Abteil in Richtung Zugtoilette zu schieben.

»Dem pressiert es offenbar ganz furchtbar. So wie der aussieht, hat der eine üble Nacht hinter sich. Der kommt ja daher, wie frisch gekotzt«, der Nachbar hatte wieder mal seine Vorliebe für besonders drastische Vergleiche offenbart, und das auf fast nüchternen Magen und schon am frühen Montagmorgen.

Schon stand der so Beschriebene vor den beiden und suchte, mit offensichtlichen Anflügen von Nervosität im Blick, nach der Klinke der Toilettentür. Hastig versuchte er, sie nach unten zu drücken – vergeblich. Die Tür war und blieb versperrt.

»Besetzt«, klärte Horst den blassen Jüngling auf, »und so wie es aussieht noch eine ganze Weile.«

»Da drüben hat es aber noch mal ein Klo, das scheint leer zu sein. Versuchen Sie es doch mal da drüben«, deutete Horsts Nachbar auf die andere Seite der Wagenplattform. »Aus der riecht es zwar auch nicht grade wie nach Veilchen, aber das werden Sie auch überleben, aber in der Not frisst der Teufel Fliegen, nicht wahr!«

Panikartig versuchte der Jüngling zum zweiten Mal, die Tür zu öffnen, doch die bewegte sich keinen Millimeter.

»Ich sage es Ihnen doch, da drüben müssen Sie rein, hier ist besetzt. Nix leer hier, drüben gut!« Hätte sich ja theoretisch auch um einen Ausländer handeln können ...

Offenkundig nun vollends verstört, ließ der Schmächtige von der Tür ab und schleppte sich zur anderen Toilette, hinter deren Tür er kurz danach verschwand.

»Mein Gott, Leut gibt's, als wenn es so wichtig wäre, auf welchem Klo der hockt und sein Geschäft macht«, brummelte der Nachbar, während der Zug langsam in den Bahnhof von Böblingen einfuhr. »Na ja, langweilig wird es einem heute Morgen wenigstens nicht«, meinte Horst und konzentrierte sich jetzt auf die beiden Pickelgesichter mit ihren Walkmans, ob die sich nun endlich erheben und in Böblingen aussteigen würden. Doch die grinsten, als sie seinen forschenden Blick bemerkten, nur zurück (»Rotzfrech«) und blieben sitzen wie angegossen, wenig später wieder selbstzufrieden in ihre Gameboys vertieft. Seufzend wandte sich Horst den Todesanzeigen auf der letzten Seite der »Herrenberger Kreiszeitung« zu, mit der sein Nachbar den Kampf nun wieder aufgenommen hatte. Doch wer im Kreis Tübingen zu Hause ist, der kennt halt kaum einen Herrenberger, der das Zeitliche gesegnet hat und überdies: Vom ständigen Umblättern des eigentlichen Zeitungsbesitzers gestört zu werden, kaum dass man tatsächlich mal was Interessantes entdeckt hatte, war auch alles andere als vergnügungssteuerpflichtig. In der Toilette des Wagens erster Klasse rauschte das Wasser: »Jetzt hat der doch tatsächlich mitten im Bahnhof aufs Gleis geschissen!«, empörte sich Horst, ganz der saubere Schwabe.

»Ja wenn er es halt nimmer verheben hat können, was würden Sie denn da machen?« Der Zeitungsnachbar zeigte menschliches Verständnis für den Notfall.

»Ha, zumindest warten mit dem Spülen, bis der Zug wieder fährt. Wo doch überall dransteht, es sei verboten, die Toilette während eines Aufenthalts im Bahnhof zu benutzen!«

Kaum hatte sich der Zug, der auch in Böblingen nicht merklich leerer geworden war (also endgültig heute Morgen keine Chance auf einen Sitzplatz bis Stuttgart) wieder in Bewegung gesetzt, ging besagte Toilettentür auf und der bleiche Jüngling kam zum Vorschein. Im Vorübergehen drückte er versuchsweise die Klinke der anderen Toilette, hinter der sich noch immer die Schwarzfahrerin vor dem Zugriff des vermeintlich auf sie lauernden dicken Schaffners in Sicherheit wähnte. Doch die Tür war nach wie vor versperrt und mit einer resignierten Geste schlich der Junge davon.

»Also es gibt Leute, die brauchen anscheinend zwei Klos auf einmal. Sachen gibt's, die gibt's gar net«, schüttelte Horst den Kopf und wunderte sich keine fünf Minuten später schon wieder. »Ha no, weshalb hält der denn jetzt auf offener Strecke, was ist denn jetzt wieder los?«

Der Nachbar drückte seine Nase an die Fensterscheibe: »Da scheint eine Baustelle zu sein. Wahrscheinlich wieder was für die S-Bahn«, setzte er, ganz der Fachmann, wichtigtuerisch hinzu. »Du meine Güte, jetzt fahr halt schon weiter, sonst schaff ich's nimmer auf die Straßenbahn und dann komm ich zu spät ins Gschäft!«

»Als wenn das eine Rolle spielen würde, ob der fünf Minuten früher oder später ankommt und sein Vesperbrot auspackt«, dachte Horst für sich. »Das wird die Weltgeschichte weiß Gott auch nicht entscheidend verändern!«

»Jetzt gucken Sie sich bloß mal den an, der glotzt zum Fenster raus, als wenn er die Hasen einzeln in den Zug hinein hypnotisieren wollte«, deutete der Nachbar auf den Jüngling von vorhin, der neben seinem Sitzplatz an der Scheibe stand und in der Tat den Wald entlang der Bahnstrecke fixierte, als sei da gleich Wunder was zu erwarten. »Also wozu der dann überhaupt einen Sitzplatz belegt, wo er doch die halbe Zeit auf dem Klo hockt und die andere Zeit am Fenster lehnt, das ist mir schleierhaft. Und unsereins steht sich die Beine in den Bauch!«

Wenigstens setzte sich der Zug nun langsam wieder in Bewegung und, als wäre dies das Signal für ihn gewesen, wälzte sich der dicke Schaffner heftig schnaufend zurück in Richtung Kollege vor der Zugtoilette. »Gell, sie hat's gar nicht erst probiert, des Mensch«, prustete er triumphierend in Horsts Richtung. »Die bleibt jetzt da drin hocken, bis wir in Stuttgart sind!«

»Ja und was machen Sie dann mit der in Stuttgart«, interessierte sich der Nachbar beim Dicken.

»Ganz einfach. Der Kollege bleibt vor dem Klo als Wache und ich schnappe mir dann die Bahnpolizei. Die verarzten sie dann schon, aber«, fuhr er fort und senkte konspirativ die Stimme. »Natürlich erst, wenn alle draußen sind, was meinen Sie, was da los wäre, wenn es einen Eklat gäbe, weil beispielsweise so ein Zeitungsmensch im Zug wäre und das mitbekäme. Für den wäre das natürlich ein gefundenes Fressen.«

Noch leiser und kumpelhaft vertraut wurde jetzt die Stimme: »Das dauert heut natürlich eine Weile, denn die sind ja chronisch unterbesetzt bei der Bahnpolizei, seit es der Grenzschutz übernommen hat und außerdem isch ja heute Morgen wieder der Lava im Zug, den müssen sie erst in Empfang nehmen und zu seinem Auto begleiten, wissen Sie!«

»Der ... wer ist im Zug?«, fragte Horst völlig verständnislos.

»Ha, der Lava halt – der Landesvater! Das weiß man doch, dass der ab und zu mit dem Zug in sein Staatsministerium fährt und das sieht man doch auch, ob er drin ist, wissen Sie«, jetzt war die heimlichtuerische Vertraulichkeit in der Stimme des Dicken kaum noch zu ertragen: »Wenn da auf dem Gang drüben in der ersten Klasse so ein Gorilla rumsteht, so einer vom Personenschutz und ganz in Zivil, ganz auffällig unauffällig, dann isch er im Zug!«

»Ausgerechnet du musst grade von Gorilla reden bei deiner Figur«, konstatierte Horst unausgesprochen, laut allerdings pflichtete er dem Schaffner bei: »Ja sicher, klar, da muss man dann natürlich vorsichtig sein.« Wehmütig dachte er dabei an alte Zeiten zurück, denn der dicke Schaffner hatte ihm das Schlüsselwort dazu geliefert. Damals, als junger Polizist, als er selbst noch beim Personenschutz gewesen war und mit dem damaligen Ministerpräsidenten durch die ganze Republik und die halbe Welt gejettet war. Von damals kannte er auch den jetzigen Regierungschef, der seinerzeit Fraktionsvorsitzender gewesen war und öfter als einmal im Staatsministerium hinter verschlossenen Türen heftige Auseinandersetzungen mit dem Ministerpräsidenten ausgetragen hatte. Herausgekommen, erinnerte sich Horst hämisch, war er immer nur als zweiter Sieger, und zwar mit verbissener Miene und knappem Gruß. Beim Hineingehen dagegen war er meist scheißfreundlich gewesen und hatte mit den vor dem Chefzimmer Wache schiebenden Personenschützern immer noch einen oder gar zwei Alibisätze gewechselt. Wie's denn so gehe, dienstlich und privat, Pflichterfüllung, Alles Gute, wenn ich Ihnen mal irgendwie behilflich sein kann und das ganze andere Politikergebrabbel, das man ja zur Genüge kannte. Na ja, damals war der ja aber auch ein armes Schwein gewesen, der wusste genau, wie er alles viel viel besser machen könnte in der Landespolitik, doch bei den Pressekonferenzen, da hatte er sich dann immer lächelnderweise präsentieren und auch noch genau die

Politik als gut verkaufen müssen, die ihm in Wirklichkeit fast den Magen umdrehte. Und wenn einer in der Zeitung mal wieder was von Zerwürfnis zwischen den beiden geschrieben hatte, dann musste er sich zu allem Überfluss auch noch hinstellen und mit Übereinstimmung, vollem Konsens, Loyalität und all den anderen Worthülsen um sich werfen. Einmal hatte er sich so sogar zu der Formulierung »Männerfreundschaft« verstiegen. Und der Regierungschef, der hatte sich jedes Mal auf die Schenkel geklatscht vor Lachen, wenn er danach mitbekam, wie er seinen Intimfeind, den Fraktionsvorsitzenden, mal wieder auf Linie getrimmt hatte. Tja, und nun war er weg, das Cleverle, dafür hatte biedere Hausmannskost Einzug gehalten in die Stuttgarter Landespolitik. Hatte man früher noch Kontakte zwischen Moskau und Washington gepflegt, so handelte es sich heutzutage halt mehr um Walddorfhäslach oder Muggensturm.

Vor allem die Art und Weise, wie der Wechsel über die Bühne gegangen war, ließ Horst heute noch die Zornesröte ins Gesicht steigen, obwohl das ganze schon zwei Jahre zurücklag und er selbst schon viel länger nicht mehr beim Personenschutz arbeitete. Bestechlichkeit hatte man dem populären Landesvater in den Medien vorgeworfen. Weil er mit Flugzeugen der verschiedensten Firmen zu Dienstreisen aufgebrochen war, hatte man versucht, den Nachweis zu führen, er habe diesen Firmen im Gegenzug für die Gefälligkeit Tür und Tor für sämtliche Projekte geöffnet, die sie auch gegen den erbitterten Widerstand von Kommunal- und Landespolitikern durchpauken wollten. Geschenke habe er angenommen, sich sündhaft teure Urlaubsreisen sponsern lassen und so weiter und so weiter. Beweise waren letztendlich nicht auf den Tisch gelegt worden, lauter Kleinigkeiten, aus denen man einen Riesenzirkus zusammengehämmert hatte und mit denen man wenigstens belegen konnte, dass er sich für einen Spitzenpolitiker nicht eben clever gezeigt hatte: dass er hätte vorsichtiger sein müssen, dass er halt grundsätzlich auf Staatskosten hätte reisen müssen und nicht auf Kasse vom Daimler, auch wenn es das Land der sparsamen Schwaben dann einige zehntausend Mark mehr gekostet hätte. Ja, und so war dann halt der biedere Landespater über Nacht an die Regierung gekommen, nachdem sein Vorgänger, der immer hysterischer werdenden Kampagne überdrüssig, von jetzt auf nachher den Bettel hingeschmissen hatte – und nachdem der Fraktionsvorsitzende noch den einen oder anderen heimlichen Nachschub geleistet hatte. Was Horst bei der ganzen Geschichte besonders erboste: Dass ausgerechnet diejenigen, die ihre Dreckkübel über dem Regierungschef ausgeschüttet hatten, dieselben waren, die auf Steuerzahlers Kosten mit bei den Staatsbesuchen durch die Weltgeschichte gejettet waren ... Die sich nicht entblödeten, bei jedem Fest im Landtag, im Staatsministerium, im Neuen Schloss oder bei Reisen Unmengen von Lachshäppchen und Krabbenbrötchen zu verschlingen, teuren Wein oder Sekt in sich hineinzuschütten, sich ihre Dienstreisen vom Staatsministerium oder von Firmen bezahlen ließen (und oft genug dann auch noch bei ihrem Arbeitgeber die Spesen, die gar nicht angefallen waren, abrechneten), Essenseinladungen in rauen Mengen annahmen und hinterher noch die Stirn hatten, von sich zu behaupten, sie seien nicht bestechlich – auch Preisnachlässe beispielsweise beim Kauf eines Mercedes stünden ihnen ja selbstverständlich zu, während der Ministerpräsident ... aber nein, so was hätte der doch nie und nimmer machen dürfen. Oder die armen Schweine von der Autobahnpolizei, die mal ein paar Kartons Eier von einem Lkw-Fahrer angenommen hatten, während sie die Ladung kontrollierten. Was hatte das für einen Skandal gegeben, als die Sache aufgeflogen war! Strafversetzt hatte man sie, der Polizeipräsident und der Innenminister beeilten sich, empört auf Distanz zu gehen, die Journaille hatte tagelang Futter für reißerische Artikel gehabt, doch selbst nahmen die Burschen mit, was sie auch nur irgendwie abstauben konnten!

Nein, natürlich war das Cleverle arg ungeschickt gewesen, genauso wie die Polizeibeamten das mit den Eiern nicht hätten machen dürfen, aber dennoch: Würden die Herrschaften Journalisten sich doch wenigstens einmal an die eigene Nase fassen! Er hatte sie regelrecht gefressen, diese Heuchler – von wegen, jeder kehre vor seiner eigenen Tür!

Apropos Tür: Die ging nämlich im selben Moment auf. Horst hatte in seinem Wust von Erinnerungen und dem darin enthaltenen heiligen Zorn auf die Schreiberlinge gar nicht gemerkt, dass der Zug bereits in den Stuttgarter Hauptbahnhof eingefahren war. »Einfach so vor sich hinglotzen, damit kann man die Zeit auch ganz gut totschlagen«, dachte er und sprang auf den Bahnsteig.

»Hauptbahnhof, hier Stuttgart Hauptbahnhof« quäkte es wie jeden Morgen aus den Lautsprechern, auf die keiner hörte, weil man wegen der Geräuschkulisse sowieso nur die Hälfte verstand.

Gerade als Horst am vorderen Wagen vorbeikam, da erblickte er ihn: Den Regierungschef höchstpersönlich, wie er seiner Sekretärin, die allmorgendlich mit ihm von Rottweil nach Stuttgart dampfte, die Tasche abnahm und der Dame, ganz Kavalier, aus dem Zug half. Der Hauptkommissar wollte sich rasch abdrehen. Nur ja nicht von dem wieder mit Freundlichkeiten vollgesabbert werden! Doch da war es bereits zu spät. »Ach Grüß Gott Herr ...«, Horst registrierte genau, dass dem sein Name zum x-ten Mal wieder entfallen war, auch wenn ihm einer der ehemaligen Personenschützer- Kollegen jetzt etwas ins Ohr flüsterte. »Ja, Herr Müller«, (und taub war der anscheinend auch noch), »ja sind Sie denn au mit dem Zug hier gfahre?«, sprudelte es in gespielter Leutseligkeit aus dem Mund des Ministerpräsidenten.

»Mit was denn sonst, mit dem Düsenflugzeug vielleicht?«, grummelte der so Angesprochene in sich hinein, besann sich aber bei der Antwort auf seine weitere Karriere und seine Kinderstube. »Ja freilich, Herr Ministerpräsident, schon seit über einem Jahr fahre ich mit dem Zug, die ewigen Staus mit dem Auto habe ...«

»Also des freut mich aber ausgesprochen, dass ich Sie mal wiedersehe«, unterbrach ihn der Ministerpräsident, der mit Sicherheit zwischen zwei »Grüß Gotts« zu anderen Reisenden in seiner ganzen Selbstgefälligkeit mal wieder nicht zugehört hatte. Aber weshalb soll einem ein Politiker auch zuhören, der müsste ja glatt verrückt werden, wenn er all die tatsächlichen Probleme, die seine Politik verursacht hatte, mit in sein Wolkenkuckucksheim nehmen würde. »Also ich hoffe, Ihnen geht's gut und wenn ich mal was für Sie tun kann ...«

»Ja, nein, vielen Dank, das ist nett von Ihnen, aber ...«

»Na dann ischt ja alles bestens«, unterbrach ihn der Fraktionsvorsitzende a.D. schon wieder, der innerlich aufzuatmen schien, dass er sein halbherziges Hilfsangebot nicht in die Tat umsetzen musste. »Dann wünsch ich Ihnen Gottes Segen für Ihre Arbeit und gutes Gelingen, Herr Müller.«

»Du mich auch«, grummelte der Hauptkommissar missmutig in sich hin, beeilte sich aber zu versichern: »Ich, Ihnen ebenfalls und vielen Dank«, wobei er sarkastisch konstatieren musste, dass sich der Spitzname »Landespater« mal wieder als völlig zutreffend erwiesen hatte.

Schon war er vom Regierungstross samt den beiden begleitenden Bahnpolizisten hinter sich gelassen worden, der auf den wie immer vor dem Hauptbahnhof im absoluten Halteverbot stehenden Dienstwagen des Ministerpräsidenten zu hastete, dessen sämtliche Türen sperrangelweit aufstanden, um nur ja sofort losdüsen zu können, sobald der hohe Herr samt Sekretärin und einer der hochrangigen Kofferträger darin Platz genommen hatten.

»Es könnte ja eine Sekunde verschenkt werden, wenn man das blöde Imponiergehabe abschafft«, resümierte Horsts vorheriger Zugnachbar bissig. Doch in Wirklichkeit war der Kerl ja nur neidisch, dass Horst dem Regierungschef persönlich bekannt gewesen war, während der Nachbar außer einem müden »Grüß Gott« noch nicht einmal einen Handschlag abbekommen hatte, wo er sich doch die ganze Zeit über extra im Windschatten des Hauptkommissars gehalten hatte.

»Ja, ja, der Sonnenkönig persönlich – die Monarchie lebt, und das blöde Volk spielt mit. Denn jeder meint ja unbedingt, er müsse ihn berühren und ihm auch die Hand geschüttelt haben, und denkt dann, er sei der Allergrößte«, teilte Horst einen gezielten Seitenhieb auf seinen Mitfahrerkollegen aus. Der lief blassrosa an, stammelte gerade noch ein »Also schönen Tag noch und bis morgen dann« ehe er in den U-Bahn-Katakomben verschwand, während sich Horst an diesem sonnigen Morgen den Luxus gönnte, den einen Kilometer vom Bahnhof durch die Königstraße zu Fuß zu seinem Dienstgebäude zu schlendern.

Während er so durch Stuttgarts Nobel-Einkaufsmeile promenierte und sich wunderte, wie viele Landeskinder doch offenbar immer noch oder schon wieder Urlaub hatten und ihr mehr oder weniger sauer verdientes Geld in neue Klamotten und allen möglichen und unmöglichen Schickimicki-Kram investierten. »Man könnte grad meinen, das ganze Land hätte Ferien und nur so ein paar Dackel wie ich schaffen noch!«, hatte er die Vorfälle bei der morgendlichen Zugfahrt rasch vergessen. Doch schneller als ihm lieb war, sollte ihn die Geschichte auf tragische Art und Weise wieder einholen – nicht einmal zwei Stunden später ...

Kapitel II

Die Stimmung der beiden Bahnpolizisten war schon am hellichten Montagmorgen nicht eben die beste. Erst wieder den Grüß-Gott-August für den Regierungschef spielen müssen und dann jetzt auch noch das Theater mit dem dicken Schaffner und seiner blöden Schwarzfahrerin.

»So – Sie kommen jetzt auf der Stelle raus, sonst öffnen wir die Türe«, brüllte einer der beiden nun schon zum zweiten Mal gegen die bläuliche Sperrholzwand. Doch nichts rührte sich.

»Das habe ich ja auch schon ein paar Mal probiert«, ließ sich nun der Schaffner vernehmen, der Wache geschoben hatte, während sein Kollege mit dem Heranschaffen der Bahnpolizisten beschäftigt gewesen war. »Das hat überhaupt keinen Wert, die kommt da nicht freiwillig raus.«

»Ob Sie das schon mal probiert haben oder nicht, das interessiert uns überhaupt nicht. Wir müssen Sie dreimal auffordern, freiwillig zu kommen, das ist Vorschrift«, fauchte der größere der beiden Bahnpolizisten in Richtung Zugschaffner.

»Also los jetzt, rauskommen, sonst kommen wir rein.« Doch hinter der Tür blieb es immer noch mucksmäuschenstill.

«Na gut, Sie wollen es nicht anders«, der Kleinere schob die beiden Schaffner beiseite und griff zu seinem Vierkantschlüssel: »Ich öffne jetzt die Tür!« Leise murmelte er vor sich hin: »Na warte, du Biest!« Die Skala unterhalb der Klinke drehte sich, kaum dass er den Schlüssel betätigte, von »Besetzt« auf »Frei«, doch als er auf die Klinke drückte, gab die Tür nicht nach. »Jetzt hält die auch noch die Tür zu, das gibt's doch gar nicht! Lassen Sie los, mir langt's jetzt endgültig, hören Sie doch endlich auf mit dem Blödsinn«, schrie er, allmählich um Fassung ringend.

»Komm, aus dem Weg«, schob der Größere seinen Kollegen beiseite. »Jetzt wird da nimmer lang gefackelt, dann kriegt sie halt ein paar blaue Flecken ab, selber schuld, die dumme Nuss!« Er trat einen Schritt zurück und warf sich dann mit seinem ganzen, durchaus respektablen, Körpergewicht gegen die Tür, die nun tatsächlich nachgab. Doch als der Blick ins Innere frei war, prallten die Männer erschrocken zurück: Hinter der Tür lag die Schwarzfahrerin zusammengekrümmt und völlig regungslos auf dem Boden des engen Raums.

»Aufstehen jetzt, Schluss mit dem Quatsch, jetzt machen Sie keinen Scheiß!«, hatte sich der Große als Erster wieder von dem unerwarteten Anblick erholt. Doch die Schwarzfahrerin rührte sich nicht. Er warf seinem Kollegen einen irritierten und nun doch sichtlich besorgten Blick hinüber, während der andere nur ratlos die Achseln zuckte.

»Kommen Sie, aufstehen, das Theater ist vorbei«, der Tonfall klang schon weitaus weniger selbstsicher als noch vor ein paar Sekunden.

»Komm, lass mich mal«, drängte sich der Kollege vor und beugte sich über die am Boden liegende Frau. »Mensch, da, die blutet ja! Du, die ist anscheinend ohnmächtig!«

Der andere wurde aschfahl: »Aber das gibt's doch nicht, auch das noch, du meine Güte, gibt das ein Theater, dabei hab ich doch bloß ...«

»Ach, du meine Güte, von wegen ohnmächtig! So ein Quatsch, die ist ja tot! Tot! Ihr habt die abgemurkst!«, schrie nun der dicke Schaffner, der sich inzwischen an den Tatort herangearbeitet hatte mit sich vor Hysterie fast überschlagender Stimme. Er drehte den Kopf der Schwarzfahrerin in Richtung Flur – zwei starre leere Augen stierten die entsetzten Bahnpolizisten an.

»Tatsächlich! Da ist nichts mehr zu machen«, schüttelte auch der Schaffnerkollege mit einem Mal leichenblass den Kopf.

»Weg, Blödsinn, wo ist der Puls, die ist nur ohnmächtig, das kann doch gar nicht sein«, in dem größeren der beiden Bahnpolizisten hörte man förmlich die Panik aufsteigen. »Das gibt's doch gar nicht, ich hab doch bloß ... komm Rolf, du bist mein Zeuge, ich war doch ganz vorsichtig ... jetzt sag halt schon.«

Doch Rolf wurde verlegen und schien bereits emsig darauf bedacht, wenigstens seinen Kopf aus der Schlinge zu ziehen. »Na ja, was heißt hier vorsichtig ...«

»Komm Rolf – ich bitte dich, das ist doch völlig unmöglich. Das kann ich doch gar nicht gewesen sein!«

»Also wie auch immer: Schluss jetzt! Ich hole jetzt die Bahnsteigaufsicht und die sollen die Polizei informieren, und zwar die richtige«, schnaufte der dicke Schaffner, der also auch bereits ganz offenkundig versuchte, sich so weit wie möglich aus der Schusslinie zu bringen. Und schon war er, erstaunlich schnell für sein Übergewicht, aus dem Zug gehüpft und zur Glaskabine der Bahnsteigaufsicht gewatschelt.

»Der Seckel, erst uns das hier einbrocken und dich dann als Sündenbock hinstellen wollen. Was glaubt der eigentlich. Als ob du ganz alleine schuld wärst an der Geschichte«, versuchte Rolf seinen Kollegen halbherzig zu trösten.

»Ich bitte dich, hör auf, hör auf Rolf, das gibt's doch gar nicht, das kann doch nicht wahr sein, sag, dass das nicht wahr ist, ich hab doch nur ...«, die letzten Worte des völlig verzweifelten Mannes gingen in einem Weinkrampf unter. Hemmungslos vor sich hin schluchzend sank er neben das Opfer auf den Boden und schlug die Hände vors Gesicht. Betreten blickte der Bahnpolizist Rolf zum anderen Schaffner, der vor der Toilettentür Wache gehalten hatte, doch der schlug die Augen nieder und vermied jedes weitere Wort.

»Komm Harald, so fest hast du nun auch wieder nicht zugelangt. Die ist halt ausgerutscht und umgefallen, als du die Tür aufgestoßen hast, und dann ist sie mit dem Kopf irgendwo dagegen geschlagen. Das ist ein Unfall, ein saudummer Unfall, das kann man denen erklären, das werden die einsehen«, setzte Rolf seine untauglichen Tröstungsversuche fort.

Der Unglückliche jedoch hockte weiter zusammengesunken am Boden, von einem neuen Weinkrampf geschüttelt.

»Offenbar totaler Nervenzusammenbruch«, flüsterte Rolf dem Schaffner ins Ohr, der aber immer noch nicht reagierte, sondern mit zusammengepressten Lippen und ausdruckslosem Blick daneben stand, stumm wie ein Fisch, einer Salzsäule gleich, allerdings einer mit einigen dicken Schweißperlen auf der Stirn.

»Das ist aber wirklich ein saudummer Unfall, doch da hilft alles nichts, da muss die Kripo mit ran«, konstatierte der von der Bahnhofsverwaltung alarmierte Streifenpolizist, der zusammen mit seinem Kollegen als erster am Bahnsteig sechs angelangt war.

Trotz der Bitte der Bundesbahn, doch um Gottes willen das Martinshorn samt Blaulicht ausgeschaltet zu lassen, war der Einsatzwagen mit den beiden Polizisten natürlich selbstredend auf schnellstem Weg und mit (oh du wunderschönes Amtsdeutsch!) Sondersignal zum Bahnhof gerast. Deshalb war er nun da, der Stau, die Traube aus Gaffern und Neugierigen, die Menge von Reisenden, die auf ihren Anschlusszug warteten und – dankbar für jede Abwechslung – sofort hinter den beiden zum Zug eilenden Polizisten hergetrabt waren. Die üblichen Spekulationen der »Bild«- erprobten Konsumenten schossen unverzüglich ins Kraut: »Mord«, »Krawallmacher«, »Schießerei gehört«, »Drei Tote mindestens«, »Schwerverletzter Schaffner«, »Rauschgiftdealer«. Und immer wieder bildeten sich kleine Grüppchen von andächtig-mitgenommen lauschenden Schaulustigen, die sich um einen der vermeintlichen »Augenzeugen« scharten, der natürlich alles ganz genau und mit eigenen Augen und Ohren verfolgt haben wollte.

»Holt mal Verstärkung von der Bahnpolizei, die sollen den ganzen Bahnsteig absperren und ihren Kollegen dann irgendwohin verfrachten, am besten erst mal in die Bahnhofsmission, damit er wegkommt vom Tatort, der arme Kerl, und dann sollen sie einen Doktor holen. Ja, und noch was, ruft jetzt bitte auch die Kripo, die müssen her. Ich schaue so lang, dass hier nichts durcheinandergebracht wird«, beorderte der Hauptwachtmeister seinen jüngeren Kollegen aus dem Zug und wandte sich danach wieder der toten Schwarzfahrerin zu, die nun im Gang des Wagens zweiter Klasse lag, wohin sie ein zuvor von der Bahnpolizei zum Ort des Geschehens bugsierter Arzt hatte bringen lassen, der zufällig als Durchreisender die Lautsprecherdurchsage gehört hatte, ein Arzt möge sich bitte zum Bahnsteig sechs begeben.

»Na ja, die von der Kripo werden nimmer allzu viel mitbekommen«, seufzte der Polizist, »wo man doch in jedem mittelprächtigen Krimi im Fernsehen sieht, dass an einem Tatort nichts verändert werden darf – und dann zerren diese Granatenrindviecher das Mädchen durch den halben Zug. Und wenn die von der Kripo jetzt kommen, dann tun die wieder so, als seien wir die Hammel gewesen, und fragen mich, wer denn die Leiche da dermaßen in der Gegend rumgezogen hat.« Orakel hätte er werden sollen, der gute Hauptwachtmeister ...

Kapitel IV

Genauso falsch wie vergnügt pfeifend erreichte Horst schließlich sein Büro. Nicht mal der blöde Hund am Eingang der Polizeidirektion hatte ihm die bei dem schönen Spaziergang die Königstraße hoch aufgekommene gute Laune verderben können. Zwar hatte der von ihm wieder mal den Dienstausweis sehen wollen, bevor er auf den Türöffner gedrückt hatte, aber sei's drum. Da kennt der mich sogar beim Vornamen und macht ein Theater wie bei Häberle und Pfleiderer: ›Grüß Gott Herr Häberle, können Sie sich ausweisen‹, grinste Horst in sich hinein. Na ja, ohne Ausweis ist ein Mensch halt kein Mensch, schon gar nicht bei der Polizei. ›Wenn der sich sehen könnte, hinter seiner Glasscheibe da, wie ein uniformierter Gorilla im Zoo. Aber viel mehr Hirn hat der ja eh nicht. Einfache Laufbahn halt, doof geboren, als Hauptwachtmeister demnächst frühpensioniert!‹, stieg dem Kommissar Horst Meyer heute mal wieder die Arroganz des deutlich ranghöheren Beamten zu Kopf.

»Ja, sag mal, wo kommsch denn du her – eine Viertelstunde zu spät und angezogen wie ein Ami auf Europatrip.« Kollege Felix Weinmüller, ganz vorwurfsvoll bis zum Anschlag, war mal wieder die Freundlichkeit in Person. »Und der Goldfasan hat auch schon gefragt, ob du gleich mal vorbeikommen könntest.«

»Na – und was hast du ihm gesagt, wo ich bin?« Horsts Laune bewegte sich immer noch deutlich über dem langjährigen Bürodurchschnitt.

»Ha, du seist halt auf einem Termin in der Doebele Sache, aber wo genau und wann du wiederkämst, das wisse ich auch net. Also, ob der das gefressen hat, ich weiß net!«

»Und wenn schon – der meint, bloß weil er als Polizeioberrat ein paar goldene Sternchen am Kittel hängen hat und immer gleich nach seinem dämlichen Jogging ins Büro trabt, müssten alle anderen auch schon morgens um sieben auf der Matte stehen. Wenn's dem nicht passt, dann darf er gern mal einen Blick auf meinen Überstundenzettel werfen. Na gut, also du weißt ja, wo ich zu finden bin – bis gleich dann!«

Horst war gerade im Begriff aufzustehen, um in Richtung Goldfasan zu marschieren, da klingelte das Telefon. Weinmüller nahm den Hörer ab: »Mordkommission, Weinmüller am Apparat – wie? Was heißt hier macht nix – also verarschen kann ich mich auch selber!«

Unschwer für Horst herauszuhören, dass der gute Felix keine ordentliche Nacht hinter sich gehabt haben konnte, so brummig und humorlos, wie er sich heute morgen gab. Na ja, so einem hartgesottenen Junggesellen kann schon allerhand widerfahren. Manchmal bringt eine Ehe und ein geregeltes Familienleben halt doch auch ein paar Vorteile mit sich.

Der Dialog am Telefon ging weiter: »Wie, wo gefunden? Im Hauptbahnhof? Und wer ist da? Und jetzt sollen wir auch noch kommen – ja wieso um Himmels willen denn grade wir, wir stecken bis zum Hals im Geschäft!« Weinmüller mauerte nach allen Regeln der

Kunst. »Was heißt hier von Pontius zu Pilatus verbunden worden – dafür kann ich doch nichts! Was, belegt war es drüben – aha – und jetzt, weil sonst keiner greifbar ist, trifft es wieder das erste Rindviech, das den Hörer abnimmt. Na, Prost Mahlzeit. Also gut, in Dreiteufelsnamen, wir kommen. Und wohin jetzt genau? Bahnsteig sechs? Aha – aber es wird schon eine Viertelstunde dauern, passt halt solange auf, dass keiner in den Zug steigt. Ja, Danke! Ende! Scheiße!«

Wütend knallte Weinmüller den Hörer auf und informierte Horst über den Inhalt des Gesprächs, der beim Stichwort Bahnsteig sechs unwillkürlich die Ohren gespitzt hatte: »Also da hat so ein Seckel von Bahnpolizist anscheinend eine Schwarzfahrerin aus Versehen abgemurkst und keiner von den anderen ist greifbar, der sich den Tatort mal kurz anschauen könnte – von wegen Abklärung, dass es halt kein Vorsatz, sondern bloß ein Unfall war!« Noch immer war Weinmüller verärgert über das unsittliche Ersuchen des niederrangigen Kollegen am Telefon, ausgerechnet ihn jetzt aus dem Büro zu scheuchen.

Doch Horst war plötzlich hellwach und hochmotiviert: »Ja, lüg ich denn! Das gibt's doch auf keinem Schiff! Ich komme nämlich immer mit dem Zug auf dem Bahnsteig sechs an – und ob du es glaubst oder nicht, heute Morgen hat sich in meinem Zug eine Schwarzfahrerin auf dem Klo eingeschlossen und die haben sie dann im Hauptbahnhof von der Bahnpolizei abholen lassen wollen.«

»Na, dann hat es ja womöglich am Ende doch noch den Richtigen erwischt!«, knurrte Weinmüller in Richtung des Kollegen. »Und ich bin halt der Seckel, der mit drinhängt! Immerhin – auch net schlecht, Herr Hauptkommissar Horst Meyer vernimmt sich selbst als Zeuge in einem Mordfall, womöglich mit Spiegel!« Allmählich schien er sich in sein widriges Schicksal zu fügen, vielleicht auch deshalb, weil nach dem Stand der Dinge zu erwarten war, dass sich Horst höchstselbst ganz besonders ins Zeug legen würde und er, Weinmüller, dafür etwas mehr im Hintergrund bleiben konnte.

»Also gut, ich organisiere uns jetzt ein Auto und dann ... in Gottes Namen ...«

Kapitel V

Die Menschentraube am Ende des Bahnsteigs sechs war nicht kleiner geworden, im Gegenteil: Das Absperrband, das die Bahnpolizei inzwischen gezogen hatte, schien die Neugierigen anzulocken wie ein Misthaufen die Fliegen.

»Jetzt lassen Sie mich doch um Gottes willen endlich durch, gehen Sie bitte auf die Seite«, schimpfte Weinmüller und schob sich wie ein Eisbrecher durch die Menge der Gaffer, Horst im Schlepptau. Gerade noch rechtzeitig vor einer körperlich-tätlichen Auseinandersetzung mit einem besonders hartnäckigen Zeitgenossen, der partout keinen Millimeter von seinem Platz an der Sonne weichen wollte, fügte er hinzu: »Polizei, machen Sie endlich den Weg frei!«

»Den Trick kenne ich auch, Bürschle!«, knurrte der. Aber dennoch entspannten sich die Muskeln des Glotzers bereits genauso widerwillig wie offensichtlich.

»Also bitte, hier ist mein Ausweis und jetzt aber weg da, sonst setzt es einen Denkzettel.« Weinmüller drängte den Muskelmann nun energisch zur Seite.

»Ja, ja, schon gut, nur nix Narrets«, der Zweieinhalb-Zentner-Koloss zeigte mit einem Mal seine ganze spröde schwäbische Höflichkeit.

»Ah, Herr Meyer – kommet se«, rief da einer der beiden Streifenbeamten, den Kollegen Weinmüller sehr zum Ärger desselben schlicht und ergreifend übersehend: »Da müsset Sie hinein, eine saudumme Geschichte, sag ich Ihnen! Und der Bahnpolizist hat einen Nervenzusammenbruch – dabei ist das eigentlich ein Mordskerl von einem Mann! Da gucket Sie, da liegt sie«, deutete der Polizist, dem seine etwas unglückliche Formulierung im Eifer des Gefechts gar nicht aufgefallen war, auf die am Boden liegende Schwarzfahrerin, die in der Tat einen jämmerlichen Anblick darbot.

»Ja, ja, ich seh es schon – das ist tatsächlich die Schwarzfahrerin von heute Morgen, das ist ja ein Ding! Mensch, Weinmüller, das gibt's ja auf keinem Schiff!«

Der Hauptwacht war ordentlich verblüfft: »Ja was, saget Sie bloß, Sie kennet die Frau tatsächlich!«

»Aber klar doch, Sie wissen ja, ein guter Polizist weiß alles.« Und als sich die Miene des Gesprächspartners ins Säuerliche zu verziehen drohte, fügte der Hauptkommissar jedoch schnell hinzu: »Wisset Sie, ich bin heute Morgen mit demselben Zug hierher gefahren und habe sogar noch einen Teil von dem ganzen Theater mitbekommen.«

»Ja, da guck na! Das ist mir bisher aber auch noch nie untergekommen, seit ich bei der Polizei bin! Unser Kommissar als Ermittler und Zeuge in einer Person. Ha, was sage ich immer: Man lernt halt nie aus im Leben!« Der Kollege war hör- und sichtbar baff vor Erstaunen.

»Ja, dasselbe hat heute Morgen schon mal einer gesagt«, warf Horst einen Blick auf den nach wie vor schmollend hinter ihm stehenden Weinmüller.

Doch anscheinend war das die Aufforderung für jenen, nun die Revancherunde für den Tatbestand des Übersehenwerdens einzuläuten: »So, Herr Kollege, jetzt sag du mir mal, soll das etwa der Ort sein, an dem man die Frau gefunden hat? Wer um alles in der Welt hat sie denn vom Klo hierher in den Gang geschleift?«

Die Revanche für die vorherige Nichtbeachtung des Kriminalhauptkommissars Weinmüller traf voll ins Schwarze.

»Ha, mir waren es natürlich nicht, so blöd sind wir ja auch net! Aber als wir da waren, da war es schon zu spät!« Der Streifenpolizist machte ein Gesicht, wie eine beleidigte Leberwurst. Als wenn er es vorher geahnt hätte, dass diese Klugscheißer von der Kripo wieder meinten, sie alleine hätten die Weisheit mit Löffeln gefressen und alle anderen wären Idioten!

»Jetzt kommet Sie, jetzt nehmen Sie das net gleich wieder persönlich«, versuchte Horst zu retten, was nicht mehr zu retten war. »Also – da drinnen im Klo, da ist es passiert. Aber was? Was genau weiß man denn bisher?«

Im Anschluss an die knappe Schilderung des Sachverhalts nickte Horst kurz und nachdenklich, bevor er dem Streifenbeamten eine weitere Aufgabe zuwies: »Also gut! Dann organisieren Sie uns im Verwaltungstrakt bitte ein Büro und da sollen dann erst der dicke Schaffner, dann der zweite und danach die beiden Bahnpolizisten auftauchen. Also bitte genau in dieser Reihenfolge. So, und jetzt lassen Sie uns mal diese Toilette da inspizieren. Ich glaube doch, dass wir die Sache schnell hinter uns gebracht haben – komm, Weinmüller, ich sage dir, was da passiert ist, und du darfst dann einen klitzekleinen Bericht schreiben, von wegen fahrlässiger Tötung und so! Und damit ist das Kapitel dann auch schon wieder beendet«, wandte sich Horst an seinen Kollegen.

»Ich hab schon bessere Witze von dir gehört – also ich finde ja schon, dass du die Sache von Anfang an miterlebt hast, dann könntest du den Bericht ja auch gleich selber verfassen, oder? Du – halt mal, was ist denn das hier?« Weinmüller stutzte und schien mit einem Schlag plötzlich voll bei der Sache.

»Also das sieht ja äußerst verdächtig aus, könnte sich meiner Meinung nach direkt um Rauschgift handeln, hier auf dem Boden! Da guck dirs an, das weiße Zeug da!«

Horst verdrehte die Augen, beklagte sein Schicksal und dachte gequält an Weinmüllers Marotte: ›Es ist wieder mal wie immer. Wohin man geht und steht, überall denkt der Kerl an Koks, wenn irgendwo was passiert ist. Aber fünf Jahre Rauschgiftdezernat gehen anscheinend nicht spurlos an einem vorüber. Kann offenbar hochgradig süchtig machen!‹ An Weinmüller gewandt meinte er allerdings vorsichtig, um den lieben Kollegen wieder sachte auf den Boden zurückzuholen: »Na, ich weiß net – wenn überhaupt, dann sieht das doch höchstens aus wie Brausepulver!«

»Eben«, nickte Weinmüller wichtig mit dem Kopf. »Eben. Aber genauso sieht es halt auch aus!«

»Aber ich bitte dich, überleg mal: Eine halb schwachsinnige Schwarzfahrerin als Rauschgiftdealerin – jetzt mach aber mal einen Punkt, ich habe das Mädchen schließlich selber gesehen!«

»Und ich hab schon Pferde kotzen sehen – oder denk an den Fall neulich, wo sie am Flughafen einen echten Priester aus Südamerika erwischt haben, der einen Haufen Kokain im Bauch hatte. Also ich traue keinem mehr über den Weg – komm, da hilft alles nix, da muss die Spurensicherung ran!« Weinmüller befeuchtete sich den Finger und tippte dann auf einen kleinen Rest weißlichen Pulvers, das da auf dem Boden lag und wirklich so aussah, wie Zitronenbrause eben aussieht, wenn man sie verschüttet. Ja, aber was lag denn auch schon näher, als dass die Schwarzfahrerin in der Zeit, in der sie sich in der Zugtoilette eingeschlossen hatte, aus lauter Langeweile ein Päckchen Zitronenbrause hervorgeholt hatte und da war ihr beim Aufreißen des Papiers eben etwas auf den Boden gerieselt?!

Weinmüller, solchen Überlegungen völlig abhold, führte den Finger zum Mund und schleckte mit dem Ausdruck des Kenners.

»Pfui Teufel«, schüttelte sich Horst, »lass den Dreck doch liegen. Vom Klofußboden! Wer weiß, wer da schon alles draufgepisst hat. Brrr!«

Doch der Kollege ignorierte den Einwand und schnalzte nun sogar mehrmals mit der Zunge. »Na ja – es sieht nicht bloß so aus wie Koks, es schmeckt auch so!« Weinmüller schien sich seiner Sache jetzt bereits bombensicher und hatte wieder sein triumphierendes Lächeln aufgesetzt, das Horst immer auf hundertachtzig brachte: »Also wenn ich mich bei der Sache täusche, dann kannst du mich in Zukunft Fridolin nennen! Einverstanden?« Er streckte die Rechte aus. »Komm, schlag schon ein! So – und jetzt holen wir endlich die Spurensicherung und die vom Rauschgiftdezernat.«

»O.k., Fridolin, du willst es nicht anders – ich mache mich in Gottes Namen dann halt auf die Socken!« Horst war nun allmählich wirklich sauer: Eine blöde Körperverletzung mit Todesfolge, eine schwachsinnige Schwarzfahrerin und jetzt gleich Rauschgift, womöglich noch verbunden mit Mord und Totschlag – als wenn man nichts Besseres zu tun hätte, als einem solchen Hirngespinst nachzujagen!

Kaum hatte er seinen Auftrag erledigt und wollte wieder in den Wagen einsteigen, da hörte er zu seinem Schrecken hinter sich eine nur allzu bekannte Stimme rufen: »Ja, der Herr Meyer, hallo Herr Meyer – ach, da bin ich aber froh, dass Sie es sind, der die Ermittlungen leitet!« Eine zentimeterdick geschminkte hennafarbene Mitdreißigerin schob in diesem Moment erst ihre Chanel-Wolke und danach sich selbst durch die Menge vor dem Absperrband auf dem Bahnsteig.

»Du meine Güte, die Frau Otterbach, ja woher wissen Sie denn schon wieder Bescheid?« Was für ein Tag! Horst war nahezu sprachlos. Die hatte ihm gerade noch gefehlt zu seinem Glück! »Seit wann interessiert sich

Ihre Zeitung denn jetzt schon für eine tote Schwarzfahrerin auf der Zugtoilette?«

Im selben Moment hätte er sich am liebsten auf die Zunge gebissen, denn die hennarote begann zu strahlen wie ein Honigkuchenpferd: »Ja was, ja das wird ja immer besser. Grade vorher war es bloß eine Tote im Zug und irgendeine Sache mit der Bahnpolizei. Und jetzt handelt es sich immerhin schon um eine Schwarzfahrerin und dann auch noch auf dem Klo! Sex und Crime sozusagen!« Sie schob sich – ganz die kumpelhafte Vertraulichkeit, die Horst hasste wie die Pest – an den Kommissar heran: »Ich sehe schon die Schlagzeile von morgen vor mir, Herr Meyer: ›Mord im Eilzug‹ wie finden Sie das?«

›Beschissen!‹ doch in Wirklichkeit nahm er sich mühevoll zusammen. »Aber liebe Frau Otterbach, wer außer Ihnen spricht denn hier von Mord?«

»Na, jetzt kommet Sie aber – sind Sie nun bei der Mordkommission, oder bin ich es?« Die Hennafarbene ließ sich eindeutig durch nichts und niemanden mehr von ihrer Story abbringen, schließlich hatte sie nun mitten in der Saure-Gurken-Zeit einen Aufmacher für ihr Revolverblatt erschnüffelt und da würde ihr jedes Mittel und jede Formulierung recht sein, um aus einem schwachsinnigen Mädchen und einem Unglücksfall ein Mordkomplott bei Tempo 130 auf den Schienen zu konstruieren. Und wenn die jetzt noch diese Rauschgift-Schnapsidee vom Weinmüller mitbekommen würde, dann ginge unter einem mittleren Mafia-Bandenkrieg mitten in Stuttgart wahrscheinlich gar nichts mehr!

»Aber Sie wissen doch, dass wir hier auftauchen, das ist reine Routine, da müssen wir hin, ob wir wollen oder nicht und ob wir an einen Mord glauben oder nicht.«

»Glauben Sie denn?«

Horst atmete tief durch. »Höchstens an den Heiligen Geist – aber nicht an einen Mord, nein, ausgeschlossen!«

»Und wieso nicht?!« Die Hennafarbene gab um nichts in der Welt Ruhe.

»Na weil ich selber mit im Zug war und weil da überhaupt nichts passiert ist, solange ich mitgefahren bin.« Schon wieder hätte er sich – kaum dass er den Mund geschlossen hatte – am liebsten auf die Zunge gebissen, denn seine Vorwärtsverteidigung erwies sich als granatenmäßiger Schuss ins eigene Knie.

»Aber das wird ja immer toller«, die Augen der Chanel-Wolke leuchteten wie der Abendstern am wolkenlosen Augusthimmel. »Mord vor den Augen des Kriminalkommissars, jetzt fehlt eigentlich bloß noch ein bisschen Rauschgift, dann ist das Geschichtle perfekt!«

Horst zuckte bei diesem Stichwort zusammen und zog es vor, sich zu keinen weiteren Aussagen hinreißen zu lassen.

»Ob ich denn wohl einmal einen Blick auf den Tatort werfen könnte?«

»Also Frau Otterbach, dann sage ich es jetzt halt zum fünften Mal: Das war kein Mord, und an den mutmaßlichen Tatort können Sie jetzt natürlich auch noch nicht gehen – und erst recht noch keine Fotos machen«, deutete Horst auf den schwitzenden fetten Fotografen im Schlepptau der Zeitungstante, der bereits einen der beiden Fotoapparate gezückt hatte, die ihm um den Bierbauch baumelten.

Widerstrebend gab sich die eifrige Journalistin scheinbar geschlagen – nicht ohne im selben Atemzug einen weiteren Pfeil aus dem Köcher zu ziehen. »Ist ja schon gut, wir warten dann halt noch eine Weile, aber ich darf doch nachher sicherlich von Ihnen erfahren, was Sie so alles herausbekommen haben. Ach übrigens, bevor ich's vergesse: Schöne Grüße an den Big Boss und alles Gute, gell!«

»So ein Aas!«, konstatierte Horst angesäuert, »wegen versuchter Erpressung sollte man dich einlochen!« Die Kanaille hatte nämlich gerade mit Unschuldsmiene ihren größten Trumpf aus dem Ärmel gezogen, denn der letzte Satz hieß auf gut Deutsch übersetzt nichts anderes als: ›Sag mir ja bald alles, sonst setzt es eine Beschwerde beim Polizeipräsidenten und du weißt doch, dass der es mit uns nicht verscherzen will. Schon gar nicht wegen so einem Würstchen namens Meyer. Schließlich schreibt der jeden Sonntag für uns und liefert uns auch noch die ganzen Boxergebnisse. Das ist ein schönes Zubrot und das setzt man nicht so leicht aufs Spiel.‹

Tatsächlich war der LPD-Chef ein Sportfanatiker wie wohl kein zweiter zwischen Stuttgart und dem Rest der Welt. Von Freitagabend bis Sonntagnacht tingelte der durch die halbe Republik – von einem Boxkampf zum anderen, von einem Promoter zum nächsten, von einer Funktionärssitzung zur Vorstandssitzung des Boxsportverbands und so weiter und so fort. Der ehemalige Weltergewichtsboxer war deshalb selbstredend immer bestens informiert darüber, was sich so tat in der Boxwelt, und gab einen Teil seiner Kenntnisse (gegen klingende Münze versteht sich) an jedem Sonntagabend an die Stuttgarter Lokalausgabe des Boulevardblatts durch, bei dem eben diese Otterbach engagiert war. Böse Zungen behaupteten, dass der ganze Boxquatsch die Zeitung in Wirklichkeit nicht die Bohne interessierte und dass sie es nur deshalb druckten und gut bezahlten, um den Alten bei der Stange zu halten. Denn selbstredend kam man so an wertvolle Informationen aus dem Polizeigeschäft heran, die sonst für einen Journalisten oft nur mit Mühe, noch mehr Geld oder meist überhaupt gar nicht zu beschaffen waren – eine Tatsache, die jedem bekannt war, über die zu reden aber nie und nimmer in Frage kam, es sei denn, ein karrieremüder Polizeibeamter wollte so seiner Laufbahn irgendwo im fernen Schwäbisch-Sibirien ein Ende setzen. Deutlich angesäuert beeilte sich Horst deshalb, dass er so schnell wie möglich aus der Reichweite der Parfümwolke kam.

Kapitel VI

Eine knappe halbe Stunde später waren die Kollegen von der Spurensicherung und Lotter von der Rauschgiftfahndung an Ort und Stelle. Voller Entdeckerstolz deutete Weinmüller mit wichtiger Miene auf den Fundort der Toten und das bisschen Zitronenbrause neben ihr auf dem Fußboden, stammelte etwas von seiner Theorie, was tatsächlich nach Mord, Drogenschmuggel, Erpressung und so weiter klang. Doch damit erntete er genauso skeptische Mienen, wie er sie vorher schon bei Horst hervorgerufen hatte.

»Na ja, dann glaubt es mir halt nicht. Ihr werdet schon sehen ... Jetzt schaut euch aber doch einmal um und probiert das hier wenigstens mal!«

Weinmüller schien sich seiner Sache nach wie vor bombensicher. Und tatsächlich: Es dauerte nicht mal 60 Sekunden, bis sein Triumph mit einem Schlag perfekt war: »Du, das schmeckt tatsächlich wie Koks, ich glaube, wir haben dir Unrecht getan!«

Lotter war ganz offensichtlich mindestens genauso verblüfft wie Horst, der einige Sekunden Auszeit benötigte, bis er sich zu der gequälten Frage durchringen konnte: »So – aber wenn das jetzt mit dem Rauschgift alles so ist, wie ihr sagt, dann erklärt mir doch bitte mal, wie die denn ermordet worden sein soll, wenn die sich doch vor meinen Augen noch quicklebendig im Klo eingeschlossen hat?«

»Was – du warst bei der Sauerei die ganze Zeit über

höchstpersönlich dabei und hast das alles seelenruhig mit angeschaut?!« Lotter schien ganz offenkundig schon wieder baff vor Erstaunen. »Der Kommissar als Zeuge und Ermittler in einem ...«

»Das habe ich heute schon mehr als einmal erklären müssen«, unterbrach ihn Horst grimmig, »so furchtbar originell ist das schon lange nimmer!«

Unbeeindruckt von diesem Wortwechsel schwang sich nun Weinmüller zu einer Erklärung auf: »Lass nur Horst, das mit dem Mord, das werden wir schon noch herausfinden, schließlich spielen wir nicht beim 1. FC Stupferich, sondern in der Bundesliga!« Weinmüller, der sich inzwischen offenbar als eine Mischung aus Sherlock Holmes und James Bond fühlte, war sein Zufallstreffer allem Anschein nach mächtig zu Kopf gestiegen! »So, Fridolin, mir nach, jetzt nehmen wir als nächstes mal den Menschen von der Bahnpolizei in die Mangel!«

Kapitel VII

In einem der trostlosen Büros der Verwaltung des Stuttgarter Hauptbahnhofs saß den beiden Polizeibeamten ein apathisch wirkender, leichenblasser Bahnpolizist gegenüber, der ausdruckslos vor sich hin auf den Fußboden glotzte, mit seinen Gedanken offenbar vollkommen hinweggetreten, weit jenseits von Gut und Böse der schnöden Welt.

»Aus dem holen wir heut nimmer viel raus, der hat eine Beruhigungsspritze kassiert und ist jetzt erst mal abgemeldet«, bilanzierte Weinmüller die bruchstückhafte Vernehmung.

»Also, lass uns den armen Tropf ins Krankenhaus verfrachten und wir nehmen uns den Schaffner vor.« Horsts Kollege hatte ganz offensichtlich die Leitung der Ermittlungen an sich gezogen.

»Und welcher darf's zuerst sein, derjenige, der die Schwarzfahrerin im Zug hat greifen wollen, oder der, der sie im Bahnhof bewacht hat? Sag mal, Felix, ich weiß ja, dass du jetzt mordsmäßig Oberwasser hast, aber das mit dem Rauschgift, das ist doch wirklich abstrus. Guck mal, ich habe das Mädchen schon ein paar Mal gesehen, die hat auf mich immer einen Eindruck gemacht, als könne sie nicht bis auf drei zählen. Die und Rauschgift!«

»Eben drum – die hat so blöd geguckt, weil sie jedes Mal high war, kapier das doch endlich!« Der Rauschgiftfanatiker stand mit seiner Theorie im Raum wie ein Fels in der Brandung der Ignoranz.

»So – und was sagst du dann dazu: Der Zug kommt von Konstanz, der ist also schon zwei Stunden unterwegs, bis er in Herrenberg einfährt, wo das Mädchen immer eingestiegen ist. Da kann in der Zwischenzeit eine ganze Armee auf dem Klo gewesen sein und das Rauschgift verschüttet haben!«

»Kann sein, kann auch nicht sein. Also jetzt bitte ich dich wirklich, Horst, jetzt mach doch, was du für richtig hälst, und sag mir mal deine Theorie, ich werde aber weiter meine verfolgen, und zwar so lange, bis ich hundertprozentig vom Gegenteil überzeugt bin. Das ist schließlich unsere Sorgfaltspflicht, so lange nicht einer den anderen hundertprozentig überzeugen kann. Also: Deine Theorie! Wie war es denn deiner Meinung nach?«

Zugegeben: Jetzt hatte ihn der Kollege auf dem falschen Fuß erwischt! Horst zuckte die Schultern »Weiß ich nicht!«

Bei diesem schmallippigen Geständnis des Kommissars rollte Kollege Weinmüller nur stumm die Augen.

»Nein, Felix, weiß ich wirklich nicht! Ich kann mir immer noch keinen Reim auf das alles machen. Klar – zugegeben – irgendwie ist es schon komisch, dass es sie so saudumm hingehauen haben soll, dass sie gleich hopsgegangen ist, als der Idiot die Tür aufgestemmt hat. Das gebe ich zu, aber Rauschgift?! Felix, ich weiß net!«

»Na ja – dagegen sein ist einfach, aber selber eine Theorie haben, gell, da bin ich mit meiner Rauschgiftversion dann doch weiter. Also, die war ganz einfach high und deshalb hat es die – wenn es schon kein Mord gewesen sein soll – gegen die Wand geknallt, als die Tür aufgeflogen ist! Die war eben einfach nicht richtig bei sich!«

Doch Horst schüttelte nur nachdenklich den Kopf. »Tut mir leid! Ich glaub es immer noch nicht. Aber klar, zugegeben, dagegenhalten kann ich auch nicht. Vielleicht macht uns der Doktor nachher schlauer!«

»Dich vielleicht – mich sicher nicht, ich weiß ja, wo ich dran bin.«

Doch bevor Horst auf diese gezielte Provokation hin seine Revanche einleiten konnte, klopfte es sachte an der Tür.

»Herein«, rief Weinmüller und in den Raum schob sich der dicke Schaffner, dem die Verlegenheit ins Gesicht geschrieben stand. Ganz offensichtlich hatte er bereits eine Vernehmung durch seine Vorgesetzten bei der Bahnverwaltung hinter sich, und ebenso offensichtlich war die nicht ganz in seinem Sinne ausgefallen. ›Geschieht dir grade Recht, du neunmalschlauer Choleriker‹, dachte Horst, der sich in diesem Moment erst richtig zu dem Schaffner herumdrehte.

»So bitte, Herr, äh ... Da können Sie sich hinsetzen. Wenn Sie uns dann bitte erst einmal Ihren Namen nennen würden.«

»Ja was, ja was machet Sie denn hier, sind Sie auch vernommen worden?« Der verlegene Dicke stand ganz eindeutig voll auf dem Schlauch, also musste man ihn erst mal auf den richtigen Trichter hieven. »Nein, zumindest nicht direkt – Meyer ist mein Name, Hauptkommissar bei der Mordkommission hier in Stuttgart«, stellte er sich dem um die Nase noch eine Spur blässlicher werdenden Schaffner vor. Dem schien die lange Latte an Überraschungen für den heutigen Tag allmählich wohl doch zu viel zu werden und dessen Nerven begannen hörbar, ihren Dienst zu verweigern: »Ha, das ist ja ein dicker Hund, Sie sind bei der Polizei, ausgerechnet Sie! Sie bei der Mordkommission! Das hätte ich mein Lebtag lang nicht im Traum vermutet. Ja, wer ahnt denn schon so etwas, wo Sie mir ja nicht mal geholfen haben, heute Morgen, wo ich des Mensch im Klo habe verschwinden sehen! Und so was darf Polizist sein, also Leute gibt's heutzutage!«, drehte sich der Dicke nun empört in Richtung Weinmüller herum. »Sind Sie dann der Chef von dem?«

»Nein, leider nicht, nur der arme Kollege – aber jetzt zur Sache. Der Herr Meyer führt zusammen mit mir die Ermittlungen und ist gleichzeitig als Zeuge der Vorfälle heute Morgen auch noch sachkundig. Deshalb bin ich im Großen und Ganzen auch auf dem Laufenden. Trotzdem möcht ich von Ihnen noch einmal die ganze Geschichte hören, eben jetzt aus Ihrer Sicht, Herr ...?«

»Binder, Erich Binder«, zischte der Dicke mit einem vernichtenden Blick auf Horst hervor. »Das verstehe ich natürlich gut, Herr Kommissar, dass Sie von mir aus erster Hand alles wissen wollen ...«, um dann schließlich die ganze Litanei von der Schwarzfahrerei im Allgemeinen und von diesem Fall im Besonderen herunterzubeten. Und so weiter und so fort ...

»Ja, dann also vielen Dank, Herr Binder, und geben Sie dem Kollegen draußen noch ihre Personalien an, falls wir noch mal eine Frage an Sie haben sollten, damit wir dann wissen, wo wir Sie finden können. Auf Wiedersehen!« Weinmüller verabschiedete dreißig Minuten später den Dicken, der darauf mit einem letzten vernichtenden Blick auf Horst den Raum verließ.

»Ach – und bitte – Sie können uns dann gleich Ihren Kollegen reinschicken«, rief Weinmüller ihm noch rechtzeitig nach, bevor er die Türe hinter sich geschlossen hatte.

Wenige Sekunden später stand ein bleicher, nervös um sich blickender Bahnbeamter im Zimmer, nicht mehr nur irgendwie unsympathisch wie heute Morgen im Zug, sondern, sinnierte Horst, ja eher regelrecht erschrocken bei seinem Anblick.

»Also – dann brauche ich erst einmal ihren Namen«, begann Weinmüller das Vernehmungsritual.

»Holder, Werner Holder«, stammelte der Schaffner, der inzwischen Platz genommen hatte und unruhig auf seinem Stuhl hin und her rutschte.

»So, also der Herr Holder. Jetzt erzählen Sie uns doch bitte mal alles, ganz von Anfang an.«

»Ja, wie meinen Sie das denn, von Anfang an?« Aus welchem Grund auch immer (die Hitze konnte es kaum sein) traten dem Mann nun Schweißperlen auf die Stirn.

»Ich weiß doch gar nichts, ich habe auch nicht die Spur einer Ahnung, was Sie eigentlich von mir wollen!«

»Na, hören Sie aber, Sie haben doch schließlich Wache gehalten vor dem Klo und haben da gewartet, bis Ihr Kollege mit der Bahnpolizei wiedergekommen ist.«

»Ja eben, genauso war es – Sie wissen doch schon alles, was soll ich jetzt da noch groß dazu sagen?«

»Na, zum Beispiel, ob Sie versucht haben, mit der Frau zu sprechen ...«

»Nein, hab ich nicht, wieso auch?«, fiel Holder dem Kommissar ins Wort. »Ich sollte sie ja schließlich bloß bewachen, sonst nichts!«

»Aber es hätte doch sein können, wenn man da so lange steht und wartet und wartet, dass man da jemandem gut zuredet oder droht, sie solle jetzt aber ...«

Schon wieder hakte Holder ein, diesmal ziemlich heftig: »Drohen, wieso denn drohen? Ja, wollen Sie mir etwa was anhängen, brauchen Sie vielleicht noch einen Dummen als Sündenbock, oder was? Aber nicht mit mir, meine Herren, nicht mit mir. Wissen Sie was, ich sage jetzt überhaupt nichts mehr – ich kenne schließlich meine Rechte und ohne Rechtsanwalt brauche ich Ihnen überhaupt nichts zu sagen!« Sprach's und funkelte Weinmüller mit trotzig vor der Brust verschränkten Armen wütend an.

»Also jetzt lassen Sie aber mal die Kirche im Dorf, Herr Holder«, mischte sich nun Horst in die bisher so fruchtlos verlaufene Diskussion ein. »Niemand will Ihnen was anhängen, wir wollen Sie lediglich zu dem

Vorfall im Zug befragen – befragen, verstehen Sie, nicht ins Kreuzverhör nehmen. Und dazu brauchen Sie keinen Anwalt und wir keinen Anwalt. Das ist nicht so wie im Fernsehkrimi, das sind nämlich ganz einfache Fragen auf die es sicherlich auch ganz einfache Antworten gibt, klar?«

»Aber ich lasse mir nicht unterstellen, ich hätte ihr gedroht oder sonst irgendwas mit der Frau gemacht, das muss ich mir nicht gefallen lassen!« Der Schaffner Holder war immer noch nicht wieder auf den Boden der Ruhe und Gelassenheit zurückgekehrt.

»Niemand will ihnen irgendwas unterschieben, wir wollen doch nur so exakt wie möglich wissen, was im Zug passiert ist, während Ihr Kollege Binder die Bahnpolizei geholt hat.«

»Nix ist passiert – Himmelherrgott noch mal!« Holder war schon wieder völlig außer sich. »Überhaupt nichts ist passiert! Die ist da drinnen auf dem Klo gehockt und hat keinen Ton von sich gegeben. Ich hab dabei draußen gestanden und gewartet, sonst gar nix!«

»Das kann man auch leiser sagen, Herr Holder! Also auf dem Klo gesessen ist die Schwarzfahrerin, sagen Sie ...«

»Ha, wahrscheinlich – denke ich mir halt – die wird ja wohl net die ganze Zeit über gestanden haben!«

»Und von drinnen haben Sie keinen Laut gehört?«

»Nein – sag ich doch – nichts, überhaupt nichts!«

»Dann wäre es theoretisch auch denkbar, dass die Frau vielleicht schon tot war, als Sie vor der Tür gestanden haben?«, brachte Weinmüller unvermittelt eine ganz neue Variante ins Spiel.

Kurze Denkpause.

Ein erleichtertes Lächeln zuckte plötzlich über Holders Gesicht. Ihm schien diese Theorie ganz und gar nicht unsympathisch zu sein: »Ha freilich, warum net. So könnte es tatsächlich gewesen sein. Und Ihr Kollege da«, mit einer wegwerfenden Handbewegung, für die ihm Horst eine hätte scheuern können, deutete Holder auf den Kommissar, »der war ja auch im Zug. Und net mal der hat es gemerkt, dass da jemand bloß anderthalb Meter von ihm weg über den Jordan geht!«

»So Freund – jetzt halten Sie aber die Luft an!« Dieser rotzfreche Typ hatte Horst gerade noch gefehlt mit seinem pampigen Geschwätz! »Jetzt ist Heu genug unten, jetzt werden Sie gefälligst wieder vernünftig und erzählen ganz sachlich noch mal von vorn, was passiert ist, während Sie auf Ihren Kollegen gewartet haben!«

Doch Holder hatte bereits wieder dichtgemacht und war verschlossen wie eine Auster. Mehr als die gerade gehörten Allgemeinplätze war aus ihm selbst beim besten Willen nicht mehr herauszubekommen. Wütend entließen ihn die beiden Polizisten schließlich.

»Also dieses Bürschle nehm ich mir unter Garantie noch einmal vor!«, brummte Horst missgelaunt und ballte die Fäuste. »Den nehme ich in die Mangel – und zwar nach allen Regeln der Kunst! Ob uns das etwas bringt oder nicht, aber so behandelt der mich kein zweites Mal, so wahr ich hier sitze!«

»So, Fridolin, dann steh halt mal auf, wir sollten sowieso noch mal runter auf den Bahnsteig zum Zug gehen, vielleicht weiß der Doktor ja jetzt schon was Neues.«

»Komm hör doch jetzt auf mit deinem saudummen »Fridolin-Getue«, noch ist schließlich allerhöchstens eines klar: Nämlich dass mir die ganze Geschichte stinkt, und zwar saumäßig!«, fauchte »Fridolin« in Richtung des hämisch grinsenden Kollegen Weinmüller hinüber.

Die Menschentraube vor dem Bahnsteig sechs war immer noch nicht kleiner geworden – im Gegenteil: Polizei, Rettungswagen, eventuell ein bisschen Mord- und Totschlag. Endlich mal was geboten für einen müden, nach Abwechslung lechzenden Bahnreisenden zweiter Klasse (und von der ersten Klasse waren auch welche vertreten, das sah man an den feinen Anzügen!). Gerade als Horst und Weinmüller das Zugabteil betraten, richtete sich ein leicht angegrauter Mann Anfang Vierzig stöhnend vom Fußboden auf: »Warum habe ich bloß nichts Richtiges gelernt und muss auf meine alten Tage noch auf dem Fußboden herumkriechen?!«

»Na, Herr Doktor, fertig geworden? Wie schaut's denn aus? Können sie uns schon etwas sagen?«

»Tja, wie schaut's denn aus?« Der Angegraute schüttelte mit leichten Anzeichen von gespielter Ratlosigkeit den Kopf. »Also viel sagen kann ich Ihnen so ohne weiteres natürlich nicht, aber das müssten Sie ja eigentlich wissen ...«

Horst und Weinmüller sahen sich in der Tat genauso leidend wie wissend in die Augen: Typisch für die Weißkittel, immer nur drum herumzureden und wenn überhaupt, dann erst nach stundenlangem Gezerfe eine einigermaßen klare Auskunft zu erteilen, die freilich höchstens so klar war, wie das Orakel von Delphi (das demgegenüber eine eher leichte Übungen darstellte!).

»Also, was ich Ihnen jetzt schon sagen kann und darf, kaum dass ich richtig hier bin«, vorwurfsvoll warf der Arzt einen Blick auf seine Armbanduhr, »das ist, dass es natürlich sehr schwierig für mich ist, den Unfall, beziehungsweise die Verletzungsabfolge zu rekonstruieren. Schließlich liegt die Tote ja auch nicht mehr am unmittelbaren Tatort!« Tadelnd musterte der Arzt die beiden Polizisten, gerade so, als ob sie es gewesen wären, die die Leiche aus dem Klo getragen hatten.

Eigentlich konnte es Horst ja egal sein, was der Spritzenheini dachte, doch um die eigene Reputation zu retten, klärte er ihn dennoch auf: »Ja, also dafür können wir auch nichts, die von der Bahnpolizei haben gemeint, sie könnten bei der noch was retten und haben einen Kollegen von Ihnen alarmiert, und schon war es passiert ...«

»Wie dem auch sei ... auf jeden Fall hat man mir das Geschäft dadurch nicht einfacher gemacht!«, fuhr der Wichtigtuer fort. »Also meine Herren, wie schon gesagt: Die Geschichte ist so einfach nicht. Was mir ganz und gar nicht gefällt, das will ich Ihnen gleich sagen, das sind leichte Druckstellen an den Handgelenken und ein Kratzer am Mundwinkel. Dann die Platzwunde am Hinterkopf, mit dem sie offenbar gegen die Abteilwand geprallt ist. Dann erst Schädelbruch und Genickfraktur ...«

»Ja hoppla!«, stieß Horst verblüfft hervor. Es wurde immer deutlicher für ihn, dass er sich die Hoffnung abschminken konnte, eine simple Körperverletzung mit Todesfolge protokollieren zu können. Wenn jetzt auch schon der Onkel Doktor verrückt spielte, dann bedeutete das mindestens zwei Tage andauernde Untersuchungen, um am Ende doch auf einen Unfall als Todesursache zu kommen – so ein Granatenmist! »Glauben Sie etwa jetzt auch schon an Mord?«

»Also, ich weiß net – ich kenne den Mann ja nicht, der die Tür aufgedrückt hat. Aber eine solche tierische Gewalt, dass man davon einen Schädelbruch abbekommt, also das habe ich in meiner ganzen Laufbahn noch nicht erlebt. Also, dass Sie mich richtig verstehen, meine Herren ... wie soll ich mich jetzt ausdrükken ... also es ist zumindest merkwürdig, dass man auf diese Art und Weise zu Tode kommt. Ohne, dass ich mit dieser Feststellung etwas vorwegnehmen will, versteht sich!«, beeilte sich der Arzt noch hinzuzufügen.

Weinmüller, der ganz Ohr gewesen war, nahm nun den Dialog entschieden in die Hand: »Da bitte – seht ihr! Deshalb glaube ich eben auch, dass da irgendwas nicht stimmt. Die ganze Geschichte wird doch noch viel einleuchtender, wenn man weiß, dass sie auch noch

Rauschgift intus gehabt hat. Da ist man längst nicht mehr so standsicher, und so ist es dann eben passiert ...«

Jetzt fehlte bloß noch, dass die beiden Sherlock-Holmes-Miniaturausgaben zusammen in Triumphgeheul ausbrechen würden, resignierte Horst vor sich hin, während Kollege Weinmüller gespannt die Antwort des Arztes abwartete.

»Ja also ...«, begann »Also« wieder einmal zögerlich. »Hundertprozentig kann ich es Ihnen natürlich noch nicht sagen, meine Herren, aber was ich bisher weiß ...« Kunstpause, um den dramatischen Effekt seines Auftritts noch stärker hervorzuheben. Arschloch, wichtigtuerisches! »Also – ich bin mir eigentlich doch relativ sicher, dass Rauschgift hier nicht im Spiel war. Also, mit absoluter Sicherheit kann ich das zwar noch nicht behaupten, aber die Pupillen geben mir nicht den geringsten Anhaltspunkt dafür und auch die Nase ...«, nachdenklich rieb sich der Grauhaarige dabei an der seinen.

Selten hatte Horst so schnell einen Kollegen so in sich zusammensinken sehen, wie den von einem Augenblick auf den anderen seiner ganzen schönen Theorie beraubten Weinmüller. Wie ein Häuflein Asche stand er vor den Überresten seines Kartenhauses, fassungslos den Arzt anstarrend, der ihm die wenig frohe Kunde da so schonungslos vor den Latz geknallt hatte.

»Komm, Fridolin, nimm's nicht so tragisch! Deine Theorie war zwar gut, ehrlich, aber die Wirklichkeit ist halt besser!«, tröstete Horst seinen Kollegen, den Rauschgiftspezialisten a. D.

»Also: Rauschgift scheidet wie gesagt wohl aus, meine Herren«, fuhr der Onkel Doktor fort, »aber dennoch, es müssen da schon äußerst ungünstige Umstände zusammengekommen sein für ein solches Unglück. Also so was habe ich bisher wirklich noch gar nie erlebt!«

»Ja, was denn dann!«, fauchte Weinmüller, dessen Enttäuschung sich in Aggressivität umzuwandeln begann. »Hat die vielleicht einer durch die geschlossene Klotür hindurch abgemurkst oder was?!«

»Also, das herauszufinden, lieber Herr Weinmüller, ist Ihre Sache und die Ihres Kollegen. Meine Arbeit ist die des Mediziners, ich habe Ihnen lediglich geschildert, was ich bisher an Erkenntnissen gesammelt habe, alles andere geht nun Sie an. Meinen vorläufigen – ich betone – vorläufigen Bericht haben Sie dann morgen im Lauf des Tages auf dem Schreibtisch, den endgültigen nach der genauen Untersuchung in der Gerichtsmedizin.« Beleidigt zog »Also«, den der Ausbruch Weinmüllers tatsächlich gekränkt hatte, von dannen, die zwei recht ratlosen Beamten keines weiteren Blikkes mehr würdigend.

»So, und jetzt geht die Chose wieder von vorne los, wo wir doch schon so nah dran waren, du auf deine Art und ich auf meine. Jetzt können wir alle noch einmal vernehmen, so ein Granatenmist aber auch«, fluchte Horst, und um den Kollegen wenigstens etwas aufzurichten, schlug er ihm vor: »Na komm, Felix, dann machen wir es eben so: Du gehst heute Nachmittag erst mal zu denen vom Rauschgift, vielleicht liegt ja da grade was an mit Rauschgiftschmuggel aus der Schweiz, womöglich via Konstanz oder so, und ich, ich übernehme die Benachrichtigung der Eltern von dem Mädchen. Vielleicht sehen wir danach dann klarer. So, und jetzt schieben wir uns erst mal was hinter die Kiemen, ich hab einen Mordshunger – komm, los jetzt, lass den Kopf nicht hängen. Wäre ja gelacht, wenn wir da nicht bald einen Knopf an die Sache machen könnten!«

Doch Weinmüller war der Appetit zum Essen inzwischen längst vergangen ...

Kapitel VIII

Kaum waren die beiden zurück im Büro, da läutete auch schon das Telefon auf Horsts Schreibtisch: »Meyer, Mordkommission!«

»Und hier ist das Sekretariat von Dr. Unterhauser, schönen guten Tag, Herr Meyer«, flötete es aus dem Hörer. »Schöne Grüße vom Chef soll ich sagen und er lässt Ihnen ausrichten, dass ein Herr vom Fernsehen angerufen hat, wegen der Sache auf dem Bahnhof, ob Sie ihm da Auskunft geben könnten und ob noch was zum filmen drin sei. In ungefähr fünf Minuten, hat er gesagt, wird der Mann noch mal anrufen. Der Chef gibt Ihnen für Auskünfte grünes Licht!«

»Ja, lüg ich denn!«, schwoll Horst der Kamm – vollkommen vergaß er bei diesem verbalen Ausbruch seiner Entrüstung, dass das Vorzimmerpüppchen von Unterhauser noch immer am anderen Ende der Leitung hing.

»Wie bitte, was haben Sie gemeint, Herr Meyer?«, wisperte die Puppe via Telefon an sein Ohr.

»Ach nichts, nein, gar nichts, das war was anderes. Es ist alles klar, Frau Schulz, ich habe verstanden. Auf wiederhören!« Und wie er verstanden hatte! Wütend knallte Horst den Hörer auf.

»Ja, was ist denn mit dir los«, erkundigte sich Weinmüller, erstaunt über den plötzlichen Gefühlsausbruch seines Kollegen.

»Ach Scheiße, der Alte lässt mir ausrichten, dass ich nachher ein Fernsehteam vom Spätzleessender betreuen darf. So ein Granatenmist, so ein verfluchter!«

Weinmüller nickte wissend und mitfühlend. Schließlich gab es ein weiteres offenes Geheimnis in der Landespolizeidirektion: Nämlich dass der Alte seinen mehr oder minder hoffnungsvollen Nachwuchs durch eine seiner zahllosen Verbindungen (»Connections« auf Neuschwäbisch) beim als schlafmützig geltenden Fernsehsender der Landeshauptstadt untergebracht hatte. Und so war das biedere Schwabenfernsehen zwischen Neckar und Nesenbach wenigstens in Sachen Polizeiaktionen meistens einigermaßen auf dem Laufenden, besonders wenn es darum ging, die Leistungen der LPD und vor allem ihres Chefs ins rechte Licht zu rücken. Andererseits war eine solche Funk-Connection auch Gold wert, wenn mal grade einem Kollegen ein dicker Hund passiert war und Sohn Unterhauser nach langem Hin und Her und wichtigtuerischem Gehabe die Geschichte am Ende wieder tot recherchiert hatte, um den Senior aus der Schusslinie zu bugsieren. Den anderen hoffnungsvollen Filius hatte der Alte zu allem Überfluss auch noch direkt im Polizeidienst plaziert, wo er mittlerweile schon eine vielversprechende Karriere hingelegt hatte und – erstaunlich früh für sein Alter – die ersten Leitungsfunktionen übernommen hatte. Natürlich ganz und gar ohne tätige väterliche Mithilfe und auch ohne den Segen der einen großen Partei, die das Ländle seit Jahrzehnten gut kontrolliert regierte, trieb der in Ulm bei der dortigen Direktion sein Unwesen!

Und nun hatte ausgerechnet Horst den einen der beiden Unterhauser-Sprösslinge, den journalistischen Dreikäsehoch, am Hals, der wahrscheinlich unter noch größeren Komplexen litt als sein Alter. Der eine, weil er halt nur 1,65 Meter klein war (und auch das nur mit Hilfe von Plateausohlen) – da half nicht mal die Ersatzbefriedigung, dass er sich von allen und jedem grundsätzlich mit »Herr Doktor« anreden ließ –, der andere, weil er eben kein Herr Doktor war und sowieso immer im Windschatten des Seniors segelte, der ihm eine Tür nach der anderen öffnen musste. Dafür meinte der Junior, seine Komplexe mit einer besonders rotzfrechen Sprache überspielen zu müssen, wenn er grade mal wieder am Recherchieren seiner nicht unbedingt Pulitzerpreis-verdächtigen Reportagen war: Der gute alte Spätzlessender, kein Wunder, dass es mit ihm immer mehr und immer schneller bergab ging. Ein Wust von Filz, Unfähigkeit, Cliquenwirtschaft und Intrigenschmiede, doch fast alle Insassen der einst bedeutenden Sendeanstalt waren überdies ausgestattet mit einem Mordsdünkel: Fernsehbeamte halt, die meist durch Beziehungen hier untergebracht worden waren. Halt so, wie man früher die überzähligen Sprösslinge der besseren Herrschaften ins Kloster entsorgt hatte. Keinen von denen konnte man mehr an die frische Luft befördern, wenn sie sich im Sender erst mal ein, zwei Jahre lang ihren Fettarsch breitgesessen hatten, es sei denn, sie hätten goldene Löffel geklaut. Aber Hauptsache, die Kasse stimmte und die Hornochsen von Zuschauern muckten nicht in größerer Anzahl auf, selbst wenn sie den Käse schon längst nicht mehr einschalteten, der da tagtäglich über die Mattscheibe flimmerte.

Zum zweiten Mal an diesem Nachmittag klingelte das Telefon auf Horsts Schreibtisch und nichts Gutes ahnend hob der Hauptkommissar wiederum den Hörer ab: »Mordkommission Meyer.«

»Ja und hier ischt Unterhauser, Sie wissen schon, der Junior, nicht wahr. Grüß Gott, Herr Meyer, haben wir's also mal wieder miteinander zu tun, Herr Meyer. Im Prinzip bin ich ja schon einigermaßen informiert, wie Sie sich denken können! Sie wissen ja schon, gell, ha, ha, ha«, kicherte es blöde vom anderen Ende der Leitung.

›Freilich weiß ich's, du dumme Sau‹, verkniff sich Horst die passende Antwort und meinte stattdessen jovial: »So ein Pech aber auch Herr Unterhauser, nur eine halbe Stunde früher und Sie hätten wenigstens noch den Abtransport der Leiche filmen können. Aber jetzt, also ich glaube, da ist jetzt gar nichts mehr zu sehen, was sich für Sie lohnen könnte, allenfalls ein leerer Zug, schade. Sie wissen ja, ich hätte Ihnen wirklich gern geholfen«, log der Kommissar, dass sich die Balken bogen, wohl wissend, wie diese Fernsehheinis immer auf Bilder gierten, spektakuläre selbstredende, mit Zinksarg und so, wie sie es halt selber in den Krimis immer sahen und wie sie dann hilflos dastanden, wenn sie beispielsweise eben nur noch leere Züge oder die trostlose Atmosphäre des Hauptbahnhofs abfilmen konnten.

»Ja, das habe ich schon fast befürchtet, die ganze Geschichte ist ja wohl auch net sonderlich weltbewegend, aber in der Saure-Gurken-Zeit nimmt man halt, was kommt, gell. Ja dann, wissen Sie was, Herr Meyer, dann warten wir halt, bis Sie vielleicht fündig werden und bis dahin lassen wir's halt bei einer Meldung für heute Abend, so 20 oder 30 Sekunden halt!«

»Mach doch was du willst – wahrscheinlich soll ich dir die ganze Geschichte womöglich auch noch sauber aufbereitet direkt in den Block diktieren, oder was!«, dachte sich der so übers heutige Fernsehprogramm Aufgeklärte, laut allerdings gab der Feigling in ihm bedauernde Töne von sich: »Ja, das ist schade für Sie, Herr Unterhauser, aber ich glaube, mehr ist da nicht zu machen.«

»Aber gell, so ein Polizeifoto, das können Sie mir schon besorgen, da kann ich doch sicher in zwei Stunden ein Taxi vorbeischicken, dass wir wenigstens irgend etwas Habhaftes zeigen können, Sie wissen ja, Fernsehen braucht halt Bilder, gell.«

Der Kommissar dachte leise: »Kanaille!«, der Feigling hingegen antwortete laut: »Aber sicher, Herr Unterhauser, ich lass zwei, drei Bilder an der Pforte für Sie deponieren. Bitte, gern geschehen ... nein, dem Hörfunk sag ich natürlich nix, das bleibt bis heut Abend exklusiv, bis auf die von »Stuttgart Aktuell«, aber die kommen ja erst morgen auf den Markt, das tut Ihnen ja nicht weh. Und da hat dann der Funk ja auch erst den Polizeibericht ... Ja, doch, Ehrenwort, machen Sie's gut, Herr Unterhauser ... ja schönen Tag noch, ade.« Horst legte den Hörer auf und atmete tief durch. »Nicht mal dem eigenen Sender eine Story fürs Radio weitergeben, dabei wär es wirklich, wenn überhaupt, eher was fürs Regionalradio! Pfui Teufel, ist das ein Granatensaftladen aber auch!«

Auch Weinmüller nickte bestätigend: »Typisch. Aber so sind sie halt. Was soll auch anders werden, wenn schon der Big Boss bei denen dort ein Verwaltungshengst ist und keine Spur einer Ahnung vom Journalismus mitbringt. Der Fisch stinkt halt immer vom Kopf her – wie bei uns auch!«

Die beiden Beamten waren aufgrund vieler leidvoller Kontakte zum Spätzleessender schon fast zu einer Art Insider geworden. Doch immerhin, so viel Fairness musste sein: Ab und an gab's auch noch ein paar vernünftige Zeitgenossen unter der Belegschaft vom fernsehmäßigen Dauerlangweiler, doch die flüchteten sich meist rasch in die innere Emigration oder machten sich postwendend wieder aus dem Staub, wenn sie mitbekamen, wohin der Hase im Funk lief. »Zurück bleibt eben immer nur der Schrott! Das war schon immer so und das wird sich in Zukunft immer mehr verstärken, je schwächer die werden!« war einer von Weinmüllers klassischen Kommentaren, wenn er erfuhr, dass wieder einmal einer von denen, die er bei irgendwelchen dienstlichen Kontakten erstaunlicherweise trotz aller Ressentiments doch schätzen gelernt hatte, dem Mief, der sich mehlstaubartig über das Funkhaus gelegt hatte, fluchtartig enteilt war.

»So – lassen wir es halt damit bewenden!«, beendete Horst die Randbetrachtung des einstigen schwäbischen Aushängeschildes: »Ich für meinen Teil mach mich aus dem Staub und fahre jetzt eben erst einmal nach Herrenberg und vernehme zunächst die Eltern von dem Mädchen, bevor noch einmal so ein Rindviech hier auftaucht. Also dann, Weinmüller, halt die Ohren steif!« Sprach's und verließ heute zum zweiten Mal das Büro in Richtung Hauptbahnhof.

Kapitel IX

»Herrenberg, hier Herrenberg«, schnarrte die trostlose blecherne Stimme vom Bahnhofslautsprecher, als Horst dort aus dem Zug stieg. »Oh, du liebe alte Bundesbahn«, schmunzelte er in sich hinein, »was anders als Herrenberg soll es denn auch sonst sein? So viel lesen haben wir schließlich schon noch in der Volksschule gelernt! Auch so eine Funktion, die so nützlich ist, wie ein Heizer auf der E-Lok!« Dermaßen in Gedanken versunken schlug er den Weg zum Bahnhofsparkhaus ein.

Wenn er sich recht überlegte, was sich alles im Laufe der letzten fünf Stunden ereignet hatte, dann konnte er sich noch immer keinen Reim auf die Geschichte machen, die heute Morgen quasi direkt vor seinen Augen im Zug abgelaufen war. Klar, Weinmüller mit seiner Rauschgiftneurose war mal wieder mit der üblichen Theorie weit über das Ziel hinaus geschossen, aber dann gab es da halt doch noch diesen Koks auf dem Toilettenboden und schließlich den Arzt, der auch nicht so recht auf eine klare Aussage hinauswollte, sondern eindeutig unsicher um den heißen Brei herumredete. Und das, obwohl der Doktor ja alles andere als ein heuriger Hase im Polizeigeschäft war, einer, den man sonst ja auch so leicht nicht verunsichern konnte. Merkwürdig, äußerst merkwürdig die ganze Geschichte! Und so vehement er Weinmüller noch widersprochen hatte (aber das war eigentlich mehr aus Opposition gegen dessen Rauschgiftfimmel gewesen), so sicher musste er sich eingestehen, dass tatsächlich irgendwie irgendwas an der ganzen Sache faul war, oberfaul sogar – bloß: die Frage lautete halt wieder einmal, was es war?

Horst setzte sich in seinen Wagen und schlug die Richtung Nufringer Straße ein, wo das tote Mädchen offenbar bei seinen Eltern gewohnt hatte. Vielleicht hatte er ja Glück und würde hier den einen oder anderen wertvollen Hinweis erhalten, der ihn hoffentlich ein Stückchen bei der Aufklärung des rätselhaften Geschehens in der Eilzugtoilette weiterbrachte.

Kapitel X

Eine Dreiviertelstunde später war Horst um eine Enttäuschung reicher: Die Vernehmung der Eltern hatte nichts, aber auch gar nichts an weiteren Erkenntnissen gebracht, und genauso verdrießlich wie ernüchtert fuhr der Kommissar in Richtung Ammerbuch nach Hause. Nein, angenehm war solch eine Vernehmung von Hinterbliebenen weiß Gott nicht!

Die zu Beginn nichts Böses ahnenden, zunächst beim Anblick des Polizeiausweises nur erschrockenen Angehörigen aufzusuchen, das war ganz und gar nicht sein Ding! Erst das Erschrecken, dann diese Mischung aus Hoffnung und Entsetzen in den Augen der anderen, diese stumme Bitte, die finstere Vorahnung möge doch nicht zutreffen ... Und dann der Schock! Der Zusammenbruch nach solchen Hiobsbotschaften! Nein, diese Nachrichten zu überbringen, das war furchtbar: Erst recht dann, wenn es sich um das einzige Kind handelte, wie im Fall der unglücklichen Schwarzfahrerin. Die Leute, die selbst ihr Lebtag lang nicht gerade vom Schicksal verwöhnt worden waren, hausten in einer heruntergekommenen Dreizimmer-Wohnung am Stadtrand: der Vater, ein grade mal 52-jähriger Frührentner (»kaputt geschafft« schoss es Horst bei dessen Anblick unwillkürlich durch den Kopf), dann die Mutter, die abends noch Büros und Toiletten putzen ging. Ihre Tochter schließlich war nach der Sonderschule für Lernbehinderte bei Gelegenheitsjobs in und um Herrenberg nach Strich und Faden ausgenutzt worden. Sie hatte immer nur die undankbaren »Drecksarbeiten« für die besseren Herrschaften verrichten müssen, wurde liederlich bezahlt und natürlich war sie, versteht sich, von diesen Haien auch nie sozialversichert worden. Es handelt sich fast schon um bitterste schwarze Ironie, was sich da zugetragen hatte: Die Schwarzarbeit einer Schwarzfahrerin!

Horst hatte Mühe mit sich und seiner Selbstbeherrschung gehabt, als er das bei dieser ersten Vernehmung der Eltern des Mädchens zähneknirschend hatte mitanhören müssen. Ja, das war das Motto dieser Sorte von »Arbeitgebern«: ›Die soll bloß ihr dummes Mundwerk halten und froh sein, dass sie überhaupt einen Brosamen von uns bekommt. Die Henne, die daube!‹. Ja, ja, die gute schwäbisch-solide Unternehmermentalität der Juppies von heute, die ihr Fabrikle doch nicht durch eigene Arbeit erworben hatten, sondern die Firma meist ohne eigenes Zutun ererbt hatten. Doch, manchmal war sie schon zum kotzen, diese Art von Neureichtum, wie sie leider immer häufiger anzutreffen war!

Dieses ewig selbstgerechte ›Da gucket mal, wie weit wir's doch durch unserer Hände Arbeit gebracht haben, von rein gar nix bis zum Multimillionär, ohne Fleiß halt auch kein Preis, gell!‹, ›Was sind wir doch für Pfunds-Kerle!‹ und andere sinnige Sprüche mehr. Die altbewährte Tugend aus den früheren wirklich schwäbisch-sparsamen Jahrzehnten, allerhöchstens ›hehlinge‹ (also klammheimlich) reich zu sein, es aber tunlichst nicht zu zeigen, wo war sie geblieben? Die Sozialpartnerschaft Unternehmer und Arbeitnehmer, die beide gemeinsam engagiert für ihr Produkt und dessen Erfolg zusammenarbeiteten: Sie galt anscheinend allmählich gar nichts mehr! Pfui Kuckuck! Nur noch ausnutzen und das Rad unten am Band schneller laufen lassen konnten diese Typen ihre Leute, und zwar auf die schamloseste Art und Weise, die es gab. Aktien, Rendite, Shareholder-Value, Global Player! Horst wurde bereits übel, wenn er an diese Sorte Großmäuler nur dachte! Nein, natürlich nicht alle waren so gestrickt, das musste er schon zugeben, aber eben gerade die, die sich ausgerechnet immer in der Öffentlichkeit so furchtbar gerne als der Prototyp des schwäbischen Erfolgsmenschen darstellten! Große Klappe und nichts dahinter: Außer dem Geld vom Papi. Und von diesem ließ sich bestens leben und reaktionäre Sprüche klopfen – so waren die einen!

Die anderen, auch nicht viel besser, das waren die mit dem aberwitzigen Haufen Glück, die versehentlich zum richtigen Zeitpunkt an die richtige »Gelddruckmaschine« geraten waren! Oder gar jene, ausgestattet mit besonders viel Ellenbogen und oft auch noch clevererweise mit einer strategisch gezielt geheirateten reichen Ehefrau im Hintergrund – doch wer interessierte sich im vom Wirtschaftswunder der 60er Jahre immer noch besonders verwöhnten schaffigen Musterländle schon für solch tiefschürfende gesellschaftskritische Gedankengänge!? Was hier zählte, und zwar einzig und allein, das war der – wie auch immer geartete – Erfolg und das hieß: Umsatzzahlen in (mindestens) zweistelliger Millionenhöhe. Worüber man nicht ganz so gerne sprach, das waren die Menschen am Rand dieser Protzerei, die das Tempo nicht mitgehen konnten: eben solche Menschen, wie auch die tote Schwarzfahrerin. Die bekamen zwar meinetwegen noch die alten abgetragenen Klamotten von den Unternehmers-Sprösslingen geschenkt, was natürlich immer auch gebührend herausgestellt wurde, von wegen ›Ach was sind wir doch für sozial besorgte Menschen‹ und wehe, wenn das obligatorische ›Vielen Dank auch, aber das wär doch wirklich net nötig gewesen, so was Schönes aber auch‹ des oder der so Beglückten nicht überschwänglich genug ausfiel. Schließlich gab's dann ja noch genügend andere, die auch froh wären, so wunderschöne, kaum getragene Sachen anziehen zu dürfen. Wobei natürlich selbstredend ganz penibel auf eine gewisse Karenzzeit geachtet werden musste: Schließlich konnte es ja nicht angehen, dass die Putzfrau die Klamotten der Gattin vom Chef zum Schaffen anziehen würde, womöglich schon einen Tag, nachdem die Chefin die Kleider aussortiert hatte. Wo käme man denn da hin?! Also: Ein kleines Jährle im Zwischenlager auf dem Bühnenschrank, das musste dann doch noch sein, nicht damit der Putzteufel genauso modisch daherschwirrte wie die Frau Unternehmerin! Oder dass ein ahnungsloser Zeitgenosse gar die eine mit der anderen verwechselte! Nicht auszudenken!

Ja, man konnte sich regelrecht in Rage denken, wenn man erst mal so richtig in Fahrt geriet, und Horst, der war es bereits. Aber er hatte diese Sorte Mensch, die angeblich so viel besseren Herrschaften, eben auch lange genug erdulden müssen, gerade damals beim Personenschutz, dort hatte er erlebt, wie sich diese Hyänen, wo immer es ging, auf den Ministerpräsidenten gestürzt hatten, wie ein ...? Ja! Genau so wie ein Geißbock auf den Apfelbutzen! Unwillkürlich musste Horst in diesem Moment über diesen absolut treffenden urschwäbischen Vergleich schmunzeln. Richtig, so war es seinerzeit immer gewesen und so lief das mit hundertprozentiger Sicherheit auch immer noch. Bei den genauso traditionellen wie öden Neujahrsempfängen der baden-württembergischen Landesregierung beispielsweise, wo sich lauter Großkopfete auf einem Haufen um den Ministerpräsidenten herumquetschten und ihm, koste es, was es wolle, unbedingt auch persönlich die schweißnasse Pranke schütteln mussten, das Weinglas in der linken, die Butterbrezel noch schnell ins geifernde Maul gestopft, mit den dicken Wurstfingern dann innigst die Hand des Regierungschefs quetschen. ›Ja, Grüß Gott auch und alles, alles Gute, Sie kennet mi doch sicherlich noch ...‹ Pfui Deibel! Aber dem damaligen Regierungschef hatte es merkwürdigerweise immer gefallen, obwohl der sich hinterher über den ganzen Blödsinn oft noch stundenlang danach köstlich amüsiert hatte. »Von wegen, die Monarchie ist tot!«, hatte er hinterher dröhnend gelacht, »da sieht man es doch jedes Mal, sie lebt, sie lebt wirklich! Es ist tatsächlich unfassbar, aber es ist so: Jeder will einen betatschen und meint dann hinterher, er sei jetzt dadurch der Allergrößte – ganz genau wie im Absolutismus – und das nach über 40 Jahren Demokratie bei uns im Ländle: unglaublich!«

Ganz genau freilich hatte der Chef ebenfalls immer registriert, wie dieselben Typen, die ihn früher kaum eines Blickes für würdig befunden hatten, als er noch einfacher Abgeordneter gewesen war, jetzt plötzlich vor lauter geifernder Freundlichkeit nur so überschäumten. Oder wie sie den Alt-Ministerpräsidenten plötzlich gar nicht mehr beachteten und richtiggehend durch ihn hindurchschauten, als wäre er aus Glas. Durch denselben Mann, dem sie grade einmal ein, zwei Jahre vorher, als dieser nämlich noch am Ruder gewesen war, am liebsten ins Hinterteil gekrochen wären, vor lauter schleimiger Unterwürfigkeit!

Na, sei's drum – was auch immer und wie auch immer! Schluss mit den finsteren Gedankengängen: Horst lenkte seinen Wagen in die Garage, stieg aus und warf schwungvoll die Wagentür hinter sich zu. Er war jetzt zu Hause, heute sogar noch zu einer recht zivilen Uhrzeit, da wäre es doch direkt noch möglich, vor dem Abendessen den Rasen zu mähen und ein bisschen im Gemüsebeet herumzuhacken. Schließlich sollte das Gärtle ja einigermaßen ordentlich dastehen, was würde sonst auch die eingeborene schwäbische Nachbarschaft denken, erst recht bei einem erst vor ein paar Jahren zugezogenen Zeitgenossen, wenn der »sei Sach« verkommen ließe.

Kaum jedoch hatte er das Garagentor heruntergezogen und war die Treppe zum Haus hochgegangen, sah er sich widerstrebend genötigt, sich auch schon wieder blitzschnell von seinen gartenpflegerischen Großvorhaben zu verabschieden: Auf dem kleinen Rasenstück vor der Terrasse stand nämlich Sprössling Fabian mit hochrotem Kopf und aus Leibeskräften brüllend im Sandkasten, was wiederum zwei sich zusätzlich daneben tummelnde Nachbarskinder nicht im mindesten zu beeindrucken schien. Tja – und wohin der verzweifelte Blick auch streifte, überall waren die Plastikutensilien verstreut, die für gewöhnlich zu einem gemütlichen Sandkastennachmittag dazugehören: Förmchen, Schäufelchen, Autos, dazu Sand, der in geradezu rauen Mengen aus dem Sandkasten geschaufelt worden war. Na, wenn schon: Es gab in diesem Hausstand ja schließlich einen Dummen, der dann wieder im Schweiße seines Angesichts zur Baustoffhandlung marschieren und neuen Sand herbeischleppen würde! Und überdies: Das Gras war niedergetrampelt, durch unzählige Tritte von zarten Kinderfüßen fast mustergültig platt gemacht worden – wie sollte man da bitteschön also noch an einen perfekten Rasenschnitt denken wollen!?

Aber das war beileibe noch nicht alles. Die eine einzige Sonnenblume, die Horst seit Wochen mühsamst hochgepäppelt hatte, sie präsentierte sich in einem mehr als jammervollen Gesamtzustand. Kein Wunder, schließlich war sie umgeknickt – einfach so ...?! Und dann – oh Schreck und Graus in der Nachmittagsstunde – drei halbvolle Kaffeetassen samt obligatorisch daneben plazierten Kuchentellern (wieder mal um teures Geld vom Bäcker gekauft, anstatt selbst gebacken!) zierten den Gartentisch. Nein, bitte nicht, nein: Die zu jenen Tellern gehörenden Ziegen, die ertrug er jetzt nicht, beim besten Willen nicht! Und das war der Grund, weshalb Horst im Bruchteil einer Sekunde die bisherige Feierabendplanung radikal über den Haufen warf. Er beschloss daher, Rettiche Rettiche sein zu lassen und zu verduften, bevor er von den Teilnehmerinnen des beschaulichen Kaffeekränzchens womöglich noch persönlich in Beschlag genommen werden konnte.

Horst war sich völlig darüber im Klaren, dass er ansonsten nach nur fünf Minuten bereits von neurotischen Kindern (nicht gemeint natürlich das eigene!) und überkandidelten Frauen (natürlich nicht die eigene!) derart zugedeckt wäre, dass der heutige Abend zum unguten Schluss des Tages womöglich noch in einer grundsätzlichen Auseinandersetzung über Kaffeetassen, Kuchengedecke und Sandkasteninhalte münden würde, kaum dass die Ziegen zu (viel zu) später Stunde verschwunden wären! Aber zu Streit und Ehekrach, nein, dazu hatte er im Moment (wann eigentlich überhaupt?) weiß Gott keinen Bock! Die Claudia, sie war halt eine Seele von Mensch, auch sie wusste natürlich ganz genau, wen sie sich da auf den Hals geladen hatte, aber sie konnte halt oft schlichtweg nicht anders und machte dann eben gute Miene zum blöden Gequatsche der Zimtzicken! Und so schaltete Horst Meyer auf ungewohnt-diplomatisch, kaum, dass er in das Blickfeld der Frauen eingeschwenkt war: »Hallo, Claudia, Tag, ihr zwei! Schön, dass ihr da seid! Wenn ich das gewusst hätte, schade! Aber jetzt habe ich leider gar keine Zeit, ich ziehe mich nur schnell um und dann geht's wieder ab in den Weinberg!«

»Ja, was willst du denn dort schon wieder? Davon hast du mir heute Morgen aber gar nichts gesagt!« Mist! Claudia schien den Braten bereits zu riechen. »Komm jetzt und setz dich erst mal eine Weile zu uns! Wie wär's beispielsweise mit einem Stück Kuchen? Das hätten wir grade noch übrig?!«

Von wegen Zuneigung! Horst hatte eher den Eindruck, dass es sich beim Kuchenangebot seiner Frau um den verzweifelten Versuch handelte, den Rest des Nachmittags nicht alleine mit den beiden Krampfhennen verbringen zu müssen. Aber nein, bei aller Liebe! Heute nicht! Und so wehrte er den Kuchenbestechungsversuch entschieden ab: »Nee du, vielen Dank, aber ich kann wirklich nicht ...« (Was gab es denn da bei den beiden dummen Gänsen nach diesem harmlosen Satz schon wieder zu kichern? Na, egal!) »Weißt du, ich muss nämlich heute unbedingt spritzen, sonst hockt mir wieder der Mehltau in die Trauben, wie im letzten Jahr!«

»Ach Horst, du und dein Wein, sag mal, darf ich denn irgendwann in diesem Jahrtausend auch mal etwas davon probieren?«, flötete die Gans aus Norddeutschland, die so blöd war, dass sie wahrscheinlich nicht mal einen Weißherbst von einem Rotwein unterscheiden konnte, in Horsts Richtung. »Weißt du, ich habe da neulich einen richtig herrlichen Spruch über den Wein hier in der Gegend gehört: Der Tübinger Wein, der sei so sauer, dass er jedem, der ihn trinkt, ein Loch in den Magen brennt ...«

... während der Reutlinger so übel ist, dass der das Loch dann wieder zusammenzieht«, ergänzte Horst, nun in der Tat schon genauso sauer, wie der geschmähte edle Tropfen. »Weißt du, dieser blöde Spruch ist schon uralt und stimmen tut er deswegen aber noch lange nicht. Jetzt sage ich dir aber etwas – und da kannst du dann staunen: Wir hier um Tübingen herum sind zwar das kleinste deutsche Weinanbaugebiet. Aber klein und fein, wohlgemerkt! Denn unser Bereich »Oberer Neckar«, der bekommt im Verhältnis zu seiner Größe die meisten Auszeichnungen für seine Weine in ganz Deutschland! Na, da gucksch, gell?!«

Die Kuh aus Norddeutschland schien in der Tat kurzfristig tief beeindruckt – oder hatte sie ganz einfach Horsts letzten, in breitem schwäbisch gesprochenen Halbsatz nicht verstanden? Intellektuell oder dialektmäßig? Egal!

Triumphierend schritt Horst von dannen und kaum hatte er sich in seine Arbeitskluft geworfen, startete er – ohne sich noch einmal beim Kaffeekränzchen und der bedauernswerten Claudia blicken zu lassen – auch schon in Richtung Weinberg (wo es die Trauben ausnahmsweise natürlich locker noch drei Tage auch ohne Mehltau-Spritzung ausgehalten hätten! Andererseits, wenn sich jetzt schon mal die Gelegenheit bot und überhaupt ... Horst handelte eigentlich ganz gerne nach der alten schwäbischen Devise: Was man hat, das hat man, beziehungsweise: sicher ist sicher!).

Der Nachbar war auch im Wengert. »Oh, was habe ich bloß verbrochen! Heute kommt aber auch wirklich alles zusammen!«, seufzte Horst beim Anblick des Anderen zähneknirschend in sich hinein. Dieser Besserwisser hatte ihm gerade noch gefehlt zu seinem Glück!

Aber die Masche, die er des öfteren anzuwenden pflegte, nämlich einfach so zu tun, als habe er den Nachbarn gar nicht gesehen, war dieses Mal leider nicht unbedingt von Erfolg gekrönt: »Ha, der Horst – ja bisch au mal wieder da – na ja, es wird auch höchschte Zeit! Da, guck mal, wie hoch dein Gras scho wieder gewachsen ischt! Tztztzt! Ja, ja, wenn man's halt ein paar Wochen lang einfach so wachsen lässt! Das hat man dann davon, gell! Willsch heute also noch schnell mähen?«

Blödmann! »Noi, Josef, heute wird gespritzt – das Gras kann noch warten!«

Der Nachbar runzelte kritisch die sorgenzerfurchte Denkerstirn und rieb sich grübelnd die Nasenspitze. »So, so! Spritzen ... Und das heute ... Da hat es doch gar keine Rebschutz-Empfehlung gegeben, für heute! Ja, und gegen was soll denn dann eigentlich gespritzt werden?« Er warf einen prüfenden Blick zum Himmel. »Und dann bei dem komischen Wetter heute?«

Oh dieser elende Neunmal-Schlaue! »Ha, gegen den Mehltau!«

»Gegen den Mehltau!« Fast wie eine Anklage spuckte der Nachbar die Worte aus dem Mund: Sämtliche Vorurteile gegen den Amateurwinzer Horst Meyer schienen sich – wieder einmal – mit einem Schlag zu bestätigen! »Der Mehltau! Ja, aber des sollt mr um diese Zeit doch gar nimmer machen, habet sie bei der Begehung letzte Woche gesagt. Du warscht ja zwar wieder einmal net dabei, aber hat dir das denn niemand ausgerichtet, dass man jetzt nimmer gegen Mehltau spritzt?«

Oh, Himmel! Lass den Blitz auf ihn herunterfahren! Nein, niemand hatte Horst diesbezüglich etwas ausgerichtet, aber das war ihm ehrlich gesagt auch schlicht und ergreifend wurschtegal: er ging sowieso schon seit Jahren seine eigenen Wege im Hobbyobst- und weinbau. Sollten diese Giftspritzer mit ihren üblicherweise angewandten Chemiebomben ruhig von ihm denken, was sie wollten, er hatte seine eigene Weinanbau-Strategie entwickelt: »Du weisch doch, Josef, ich spritze bloß biologisch, und jetzt gerade auch nur noch mit Schwefel und Brennesselbrühe, da muss man dann halt doppelt so oft spritzen wie ihr, das isch halt etwas ganz, ganz anderes!«

»Ja, freilich« Oh Gott, schon wieder dieser mitleidige Blick hinüber auf das arme Rindviech namens Meyer, Horst! »Aber Bio hin oder her: Gerade den Schwefel sollte man jetzt weglassen, wegen der Gärung später, woisch!«

Horst wollte aber nicht wissen! »Also weißt du was, Josef? Ich mach es trotzdem«, knurrte er trotzig. »Schließlich isch das mein Wein und den trinke ich auch ganz allein. Und so, wie der dann schmeckt, das sind dann halt auch meine Erfahrungen und net die von anderen!« Nachdem er sah, wie der andere beleidigt zusammenzuckte, schlug Horst eine etwas versöhnlichere Tonart an. »Komm – sei doch mal ehrlich, wie oft haben die sogenannten Experten in den letzten Jahren grade das Gegenteil von dem behauptet, was sie noch im Jahr vorher von sich gegeben haben! Die wissen doch allmählich auch nimmer, was sie sagen sollen und überhaupt: So ganz gegen Bio sind sie ja au nimmer, da sind die in letzter Zeit viel, viel vorsichtiger geworden. Also ich mache jetzt einfach, was ich für richtig halte, basta!«

Aus – Schluss – vorbei. Der Nachbar schien dementsprechend leicht pikiert: »Na ja, dann mach halt, was du willsch – man meint's ja schließlich bloß gut mit einem. Aber jeder muss am Ende selber wissen, was für ihn richtig ischt und was nicht!«

»Eben«, kommentierte Horst die schwäbische Weisheit in Richtung des sich Gott sei Dank beleidigt wieder seinen Weinstöcken zuwendenden Nachbarn, der noch ein-, zweimal irgendetwas von wegen »... aber des mit dem Schwefel, also ich weiß net! Wo das doch schon dr Großvatter ganz anders gemacht hat! Noi, des tät ich net!«, vor sich hin brabbelte.

Doch Horst widmete sich nun seinem Tagwerk, den Konkurrenten höchstens noch heimlich ab und zu mit einem neugierigen Blick würdigend (was der natürlich genauso in Richtung Horst durchexerzierte). Typisch Tübinger Dickschädel, konstatierte der Bio-Weinbauer in spe. Bloß weil einer nicht in der Tübinger Gegend geboren und anstelle von Rotwein ganz normal mit Muttermilch großgezogen worden war, meinten diese Rebläuse hier gleich, man sei ein vollkommener Depp. Und wenn einer dann sogar noch mit Bio anfing, dann war sowieso alles längst gelaufen! Bio, das klang in deren Ohren wie Aussatz! Einer, der so etwas tat, der galt als bunter Hund, als Grüner, womöglich als potentieller Demonstrant: Chaoten, Kommunisten und Steinewerfer halt ...

Und in der Tat lag Horst mit seiner Stimmungsanalyse der Ureinwohner in und um Tübingen gar nicht so daneben, denn schließlich hatten ihn seinerzeit die lieben Nachbarn auch beim Landratsamt verpfiffen, als er den Weinberg gekauft und die alte Hütte gegen eine neue ersetzt hatte. So etwas war in einem Landschaftsschutzgebiet nicht erlaubt, auch dann nicht, wenn die neue Hütte sogar kleiner war und darüber hinaus noch mit den vermoosten Biberschwanz-Dachziegeln der vorherigen Hütte auf alt getrimmt und natürlich war. Natürlich hatte es damals keiner zugeben wollen, dass es sich bei dem Denunzianten um einen von ihnen handeln musste, im Gegenteil! Vielmehr hatten sie noch Mitgefühl geheuchelt, sich kopfschüttelnd und lautstark über die Behörden empört, als eines Tages der Mensch vom Landratsamt zusammen mit Horst die Inspektion des »Schwarzbaus« im Weinberg vorgenommen hatte. Ihrer Entrüstung hatten sie anschließend freien Lauf gelassen, als Horst von der angedrohten Abrissverfügung berichtete.

Aber schließlich und endlich war der eine, den er schon immer im Verdacht gehabt hatte, dann zähneknirschend zusammengezuckt, als Horst einige Wochen später vom mündlichen Bescheid erzählte, er dürfe die Hütte vorerst doch stehen lassen ... Wieso das denn, hatte der ihn, wie aus der Pistole geschossen, zur Rede gestellt. Und Horst hatte ihm die Antwort nicht verweigert: Mutmaßlich deshalb, weil er gewissermaßen rotzfrech beim Landratsamt eine Frage vorgebracht habe, nämlich diejenige, wie es denn möglich sein könne, dass ausgerechnet der ehemalige Bürgermeister nur zwei Weinberge weiter weg mitten im Landschaftsschutzgebiet eine Parkbucht für seinen Traktor hatte planieren dürfen. Ob es denn damals alles etwa mit rechten Dingen zugegangen sei? Wie gesagt: Nur so eine harmlose, kleine Frage ...

Na ja, Horst hatte sich damit also Ruhe und zumindest einen gewissen Respekt verschafft. Doch erst so richtig, als sie erfahren hatten, er übe sogar einen ›gescheiten‹ Beruf aus. »So, so, Polizischt sind Sie, und was da? Sogar dann gleich noch bei der Landespolizeidirektion in Stuttgart, einer von der Mordkommission dort! Ha no! Ja Donnerwetter, wer hätte auch dees denkt!«

Von nun an wurde allmählich zurückgegrüßt, wenn man auf dem Weg in den eigenen Weinberg mit dem

Traktor an Horst vorübertuckerte. Natürlich aber auch nur dann, wenn man den Fremden pflichtschuldigst als ersten »Grüß Gott« sagen hörte. Ämter schaffen eben Respekt und machen den Menschen anscheinend auch mehr oder minder wertvoll. So sind sie eben, die lieben Mitmenschen, musste Horst sich eingestehen. Noch genau so, wie seinerzeit beim Hauptmann von Köpenick. Im ganz speziellen Fall Tübingen und Umgebung mit seinem »hagebüchenen« Menschenschlag: Erst heftigst gegen alles Neue, Fremde und Unbekannte eingestellt, danach immerhin noch lange, lange äußerst misstrauisch und schließlich nur noch saumäßig neugierig!

Klar! Horst grinste in sich hinein: Natürlich war und blieb er trotz allem immer noch der bunte Hund unter ihnen, erst recht wegen seinem Bio-Tick, wie sie es hinter vorgehaltener Hand tuschelten. Und bei den alljährlichen Generalversammlungen im Weinbauverein musste er denn auch so manchen spöttischen Seitenhieb einstecken, doch was machte das schon aus, das gehörte eben mit zum Spiel. Immerhin, er hatte ein schönes Hobby und überdies bei der Generalversammlung im »Adler« sogar nach dem dritten Mal schon seinen Stammplatz. »Hallo, Herr Polizischt! Da, kommet Sie hierher zu mir, wir sind doch im letzten Jahr auch nebeneinander gehockt!« Womit so weit alles klar geregelt war: Das stellte sozusagen den Ritterschlag dar, die gesellschaftliche Anerkennung! Er gehörte halt irgendwie eben doch dazu, so wie das berühmte schwarze Schaf inmitten einer blütenweißen Herde! Nur an Tagen wie dem heutigen, wenn man eigentlich ganz andere Dinge im Kopf hatte, die einen beschäftigten, konnte einen das saudumme Geschwätz halt doch nerven.

Bald schon hatte Hobbywengerter Horst sich aber wieder voll und ganz auf seine eigentliche Tätigkeit konzentriert und spritzte aus Leibeskräften den Netzschwefel auf die sich in diesem Jahr prächtig entwikkelnden Trauben. Das war seine Kampfansage gegen den verheerenden Mehltau, der ihm im letzten Jahr – sehr zur Schadenfreude der chemiespritzenden Nachbarn – die ganze Ernte vernichtet hatte. »Aber in diesem Jahr bekomme ich dreißig Liter mindestens – und dann lache dieses Mal ich! Da werden die Chemiespritzer ausnahmsweise einmal diejenigen sein, die blöd aus der Wäsche gucken.« Er schickte einen sorgenvollen Blick an den stahlblauen Abendhimmel, der sich im Westen von Herrenberg her über dem Ammertal ganz allmählich glutrot zu färben begann. »Es darf halt jetzt nur nimmer hageln, sonst ist natürlich wieder alles zu spät. Aber die paar Wochen bis zur Lese wird es dieses Jahr hoffentlich wohl schon noch gut gehen mit dem Wetter!«

Und wie er so am Spritzen war und am Sinnieren und am Entspannen, da kam ihm schlagartig eine Erkenntnis: »Ja, Menschenskinder, natürlich! Wieso komme ich denn bloß erst jetzt da drauf, das ist doch eigentlich sonnenklar!« Und tatsächlich schien sich mit einem Schlag alles klar und vollständig plausibel vor ihm auszubreiten. Das ganze Rätsel um die mysteriösen Vorgänge, die sich da heute Morgen im Eilzug nach Stuttgart zugetragen hatten, schien mit einem Schlag gelöst! Ja, natürlich! So musste es gewesen sein! So – und nicht anders! Der Weinmüller, der würde morgen aber Augen machen, wenn er von dieser brandneuen Theorie hörte. Und das schon allein deswegen, weil Horst der Weinmüllerschen Rauschgiftmafiatheorie, die sich ja im Lauf des Tages immer mehr in Wohlgefallen aufgelöst hatte, wider Erwarten doch noch einen durchaus respektablen Platz in seinem Theoriegebäude einräumte.

Voller Elan packte Horst seine Arbeitsgeräte zusammen und fuhr beschwingt nach Hause.

Kapitel XI

In der Tat kam der Kollege Weinmüller am nächsten Morgen aus dem Staunen schier nimmer heraus: »Ja, Menschenskinder, Horst! Wenn du Recht hättest, das wäre ja wirklich ein Knaller. Also, so viel Fantasie hätte ich dir eigentlich gar nicht zugetraut!«

»Danke für die Blumen«, knurrte der so mit Lob bedachte Kommissar leicht gekränkt. »Also komm, dann lass uns mal das heutige Arbeitspensum zwischen dem fantasievollen und dem fantasielosen Kommissar aufteilen!«

»Kein Problem – komm, ich gehe jetzt freiwillig gleich noch mal zu unserem Onkel Doktor und drehe den nach allen Regeln der Kunst durch die Mangel, o.k.? Und dann forsche ich bei den Freunden im Rauschgiftdezernat nach ...« Weinmüller holte tief Atem und blickte Horst nachdenklich ins Gesicht. »Ja, und du? Was machen wir mit dir? Am besten, du machst weiter, wo wir gestern aufgehört haben. Du kannst dir ja den sympathischen Schaffner noch mal zur Brust nehmen, schließlich war es ja auch deine Idee.« Weinmüller schien – trotz aller zur Schau gestellten Überheblichkeit – immer noch ganz und gar beeindruckt von dem eben gehörten. Insgeheim musste er sich schon eingestehen: Horsts Weinbergstheorie hatte ihn im ersten Moment tatsächlich fast von den Socken geholt, und zwar gewaltig!

»Gut, einverstanden – also auf geht's!«, machte der gute Miene zum durchsichtigen Spiel. Aber irgendwie musste man den Kollegen schließlich ja auch wieder aufbauen. Also gut, wenn es dem Weinmüller'schen Ego dienlich war! »Sag mal, dieser Schaffner da, wie heißt der noch mal, Holder, glaub ich, gell?«

Weinmüller runzelte nachdenklich die Stirn und blätterte emsig in den Akten mit den Vernehmungsprotokollen: »Ja! Genau! Da steht's! Der Dicke, der dich gestern am liebsten gefressen hätte, das war der Binder. Aber der, den du jetzt meinst, der heißt Holder. Hier, bitte.« Er deutete mit dem Zeigefinger auf das entsprechende Formular, auf dem die Personalien verzeichnet waren. »Holder, Vorname Werner, Werner Holder, wohnhaft, da schau, in Stuttgart-Luginsland, Gartenstraße 25. Weiß du, wo das ist?«

Horst nickte. »Weiß ich!« Er schlug sich unternehmungslustig auf die Oberschenkel. »So, prima, dann schaue ich eben mal bei dem vorbei, der hat ja genau wie der Binder auch, einen Tag zusätzlich frei bekommen wegen gestern. Also von daher müsste der eigentlich schon daheim sein, denke ich!«

»Mensch, dann ruf doch vorher an, dann weißt du es sicher! Bevor du umsonst da hinfährst und eine Menge Zeit verlierst«, schlug Weinmüller seinem Kollegen vor.

Doch Horst schüttelte entschieden den Kopf. »Nein, nein. Eben dieses gerade will ich nicht! Ich will den, wenn schon, richtig schön kalt erwischen, dann kommt womöglich mehr dabei heraus. So im ersten Schrecken, wenn er mich schon wieder sieht, und nicht darauf vorbereitet ist, da könnte es durchaus sein, dass er sich eher verhaspelt, falls er tatsächlich Dreck am Stecken hat! Der denkt ja, die Sache sei gegessen – und plötzlich stehe ich ganz unerwartet vor ihm an der Haustüre!«

»Na gut, könnte sein, da hast du ausnahmsweise nicht ganz Unrecht!« Weinmüller musste sich anscheinend immer noch gönnerhaft aufblasen, um über die Tatsache hinwegzukommen, dass es nicht er selbst, sondern sein jüngerer Kollege Horst Meyer gewesen war, der die erste plausible Theorie in Sachen Tathergang entwickelt hatte. Und noch ein väterlicher Tipp zum guten Schluss: »Aber dann nimm als Zeugen wenigstens noch den Deyhle mit! Wer weiß, wozu das gut ist!«

»Zu gar nichts!« Horst verzog schmerzlich das Gesicht, denn ausgerechnet Deyhle, den man ihnen für ein paar Wochen aufs Auge gedrückt hatte, galt nicht gerade als der Sherlock Holmes der Zukunft. Der Tollpatsch galt viel eher auf gut Schwäbisch als sogenannte »daube Sau«, als Niete. Wer weiß, wer den über welche Connections auch immer, wieder einmal in den Polizeidienst geschleust hatte! Und es war halt so: Um sich einigermaßen für die weitere Ausbildung an der Landespolizeischule in Villingen-Schwenningen fit zu machen, musste er eben auch ihre Station bei der Stuttgarter Mordkommission durchlaufen und – na gut – wenn man ihn schon als Klotz am Bein hier herumsitzen hatte und Weinmüller wirklich nicht mitkonnte, dann sollte er wenigstens als Zeuge bei Holders Vernehmung dabei sein, zuhören und gefälligst die Klappe halten. Warum eigentlich nicht? Getreu Horsts Wahlspruch: »Jeder Mensch ist zu irgendetwas nütze!«

Und so machte sich der Kommissar, den unglückseligen Deyhle im Schlepptau, schließlich auf in den idyllisch oberhalb von Stuttgart gelegenen kleinbürgerlichen Stadtteil, in dem fast alle ›vom Daimler‹ leben (der sehr zu ihrem Leidwesen und dem des Aktienkurses mittlerweile als Daimler-Chrysler firmieren muss). Hier draußen, ob in Untertürkheim oder in Luginsland, begann schon in früheren Daimler-Benz-Jahren der Mensch normalerweise erst ab der oberen Hälfte der Mercedes E-Klasse, und so war es, denn Ordnung muss schließlich sein – auch heutzutage immer noch. Denn selbst die Arbeiter am Fließband (die dank Schichtzuschlag und Überstunden von jeher schon ganz ordentlich verdienten) fahren hier schicke Mercedes-Autos, die sie dann als Jahreswagen zwölf Monate später wieder problemlos – meist mit Vermittlung des Werkes – verkaufen können.

Kapitel XII

Vielleicht hätte er damals wirklich im Ammertal bleiben und allen Karriereträumen abschwören sollen – so schlecht war das Leben als kleiner, unbedeutender Kriminalbeamter ja dann schließlich auch nicht gewesen! Obwohl, es war halt, wie es immer ist: Der Mensch als solcher ... ist bekanntlich nie mit dem zufrieden, was er hat!

Macht er Karriere, dann liegt die schönste Zeit des (Berufs-)lebens hinter ihm, macht er keine, dann sind die Chefs und die bitterbösen Mitmenschen schuld, und urplötzlich ist das ach so idyllische und anstrebenswerte Leben als kleiner, einfacher Privatmensch so anstrebenswert plötzlich auch nicht mehr ...

»Recht isch es einem irgendwie ja doch nie«, murmelte der Kommissar, der sich urplötzlich von alten Erinnerungen und nostalgischen Gedankengängen überfallen fühlte, während er in seiner ganzen Hilflosigkeit auf dem Klo in der Zugtoilette hockte und die letzten zehn Jahre seines an Ereignissen reichen Berufslebens vor dem geistigen Auge Revue passieren ließ!

Das mit der Schwarzfahrerin damals, das war schon etwas ganz Besonderes gewesen! Ein Fall, der ihm die Augen für manche Dinge geöffnet hatte – Dinge, die er vielleicht lieber nie wahrgenommen hätte, zumindest wäre ihm dadurch mancher Zorn und manche Depression über die Zustände in der Gesellschaft erspart geblieben.

Aber andererseits: Er hatte ihn auch vorangebracht dieser Fall, als Persönlichkeit zumindest. Die Vorgänge um den eigentlichen Kern der Tat hatten ihn stark gemacht, so manchem nur allzu verlockenden Postenschacher zu widerstehen. Wer weiß, längst Oberrat könnte er inzwischen sein, aber seitdem – und das gestand er sich offen und ehrlich ein – wollte er dieses Ziel, das er dereinst für so erstrebenswert erachtet hatte, gar nicht mehr erreichen. Lieber am nächsten Morgen noch in den Spiegel gucken und dasselbe Gesicht sehen können, das einen schon 24 Stunden vorher angelächelt hat, war seitdem zu seiner Devise geworden.

Der Fall der unglücklichen Schwarzfahrerin aus Herrenberg hatte ihn zu dieser Einsicht gebracht – ein Fall, den er längst aus seinem Gedächtnis verdrängt hatte und der nun urplötzlich durch dieses saudumme Missgeschick wieder glasklar vor ihm aufschien. In seiner ganzen Brutalität und Hoffnungslosigkeit ...

Kapitel XIII

»Na, endlich – mein Gott, dieses Stuttgart besteht allmählich nur noch aus Einbahnstraßen!«, stöhnte Horst erleichtert auf, als er schließlich nach längerer Suche das Schild ›Gartenstraße‹ vor sich erblickte. Mit Deyhle als Beifahrer! Also wirklich! Da hätte er sich genauso gut alleine orientieren können, nicht mal einen Stadtplan lesen konnte der Einfaltspinsel, aber um Kommissar zu werden, schien es ja dennoch zu reichen. Es war einfach nicht zu fassen, wer sich heutzutage alles dafür bewerben durfte (oder eben doch seine Theorie von den Connections nachhaltig bestätigte!).

Die Gartenstraße war eine hübsche Wohnlage, wie überhaupt die gesamte sogenannte ›Gartenstadt‹ Luginsland, die vor dem Krieg von einer Arbeiterwohlfahrts-Genossenschaft als idyllische, fast schon ländlich anmutende kleine ›Reihenhaus mit Garten‹-Siedlung gebaut worden war. Luginsland hatte schon von jeher solch einen angenehmen Eindruck auf Horst gemacht. Hier zu wohnen, das hätte er sich durchaus auch vorstellen können, doch seiner Claudia war die Nähe zum (luftverschmutzten) Stuttgarter Talkessel problematisch erschienen – vor allem für empfindliche Kinderlungen, hatte sie durchaus plausibel argumentiert, doch für Horst hatte es einen anderen Grund gegeben, der ihn daran gehindert hatte, sich hier eine Bleibe zu suchen. »Schade!«, dachte er gerade wieder in diesem Moment, »aber eben nicht zu ändern!«

Die kleinen, meist sorgfältig in den 70er Jahren renovierten Reihenhäuschen, die wie Augäpfel gehüteten Vorgärten, das Wiesle samt Obstbaum und Gartenhütte hinterm Haus, das war doch allererste Sahne! »Schön! Zu schön, um wahr zu sein! Ja, wenn man hier als kleiner Polizist noch so etwas bezahlen könnte, ganz ohne Lottogewinn, ohne reiche Erbtante oder sonst was, dann wäre das schon was für mich hier gewesen: Man ist einerseits fast in der Großstadt und doch mitten im Grünen«, seufzte Horst mehr zu sich selbst als zu dem blöde glotzenden Deyhle hinüber, der als ›Single‹ ganz offensichtlich keinerlei Verständnis für einen Familienvater und dessen offensichtliche Wohnungssehnsüchte aufzubringen vermochte.

Damals vor vier Jahren, als er sich nach der Ausbildung in Sigmaringen freiwillig-unfreiwillig, wie er das immer nannte, nach Stuttgart hatte versetzen lassen, da hätte er das Wagnis vielleicht doch eingehen und sich bis über die Halskrause verschulden sollen, als ihm eines der Reihenhäuser zum Kauf angeboten worden war. Aber was hatten ihn die Sigmaringer Kollegen seinerzeit fassungslos angestarrt, als er die Katze aus dem Sack gelassen hatte! Freiwillig – vor allem doch wohl der schnelleren Karriere wegen – sich in den Moloch Großstadt zu begeben, wo es Probleme an jeder Straßenecke gab, wo man keinen Menschen kannte, mit Sisyphus-Arbeit zugedeckt wurde in Hülle und Fülle und wo man als Polizeibeamter in hundert Jahren nicht genug Geld zusammensparen konnte, um sich eine einigermaßen nette Wohnung mit Garten zu leisten!

Weg von der schönen ruhigen Landschaft an der jungen Donau, in der andere Urlaub machten, in der ein Kommissar noch etwas galt: »Unfassbar!«, »Idiotisch!« So hatten sie es in ihren Kommentaren genannt, als sie von seiner beantragten Versetzung gehört hatten: Die einen hatten es ihm voller Verwunderung direkt ins Gesicht gesagt, den anderen hatte man überdeutlich angesehen, was sie von diesem Vorhaben dachten. Horst hatte schnell gemerkt, dass es absolut keinen Sinn machte, ihnen zu erklären, dass die bessere Karrierechance nur ein Grund sei, der ihn zu diesem Schritt bewogen habe. Ein anderer bestand nämlich durchaus auch darin, dass sowohl Claudia als auch er selbst einfach zurück wollten in eine Gegend, in der es nicht fünf Monate kalt und sieben Monate lang Winter war, wie leider im sonst so idyllischen Provinznest Sigmaringen – allen Miet- und Grundstückspreisen zum Trotz.

Dass er zum Ausgleich in seiner Freizeit leidenschaftlich gern Obstbau betrieb und sich – als praktizierenden Weinzahn – möglichst auch noch einen eigenen Weinberg anlegen wollte, was auf der rauen Schwäbischen Alb nun wirklich nicht möglich war, das hatte er dann in sich hineingeschluckt. Die Kollegen hätten ihm das sowieso nie geglaubt, sie hatten nur vielsagend das Wort Karriere vor sich hingemurmelt und resigniert mit den Achseln gezuckt.

Doch es war wirklich so gewesen, dass sich in Horst plötzlich eines schönen Tages im Frühjahr während eines Familienausflugs in das längst blühende Unterland das Blut seiner Vorfahren zu regen begonnen hatte, denn ein Teil derselben war schließlich vor zig Jahren eben einmal Wengerter in Stuttgart gewesen. Nur war leider deren ganzer Besitz schon vor Horsts Zeiten für einen Spottpreis von den vielen Geschwistern seines Vaters verscherbelt worden. Heute trauerte man dem entgangenen Familienerbe nach, damals hatte halt ein jeder noch ein paar Mark zum Bauen gebraucht und weg waren sie gewesen, die schön gelegenen Grundstücke, für die heute Millionen auf den Tisch geblättert worden wären.

Und so war er halt wenigstens in Ammerbuch gelandet, rund 50 Kilometer von Stuttgart entfernt (da hatten die Kollegen erst recht gemeint, jetzt habe er den Verstand verloren: In Sigmaringen hatte er gerade mal einen Kilometer Fußweg bis ins Amt zurückzulegen gehabt, hier im Ammertal bedeutete das 50 Kilometer mit dem Zug oder mit dem Wagen über chronisch stauverstopfte Autobahnen! Bis an die Oberkante hatte er sich selbst hier verschuldet, so hoch, dass er, wie man hier sagte, fast »koi Geißle mehr bocken lassen« konnte, und das trotz Beamtenkredit, Bausparvertrag, Baukindergeld, Uni-Nebenjob von Claudia und ein paar Mark fünfzig auf der hohen Kante.

Dennoch, er hatte es so gewollt und musste nun eben tagtäglich die gut einstündige Anreise zum Dienst, erst mit dem Auto nach Herrenberg und dann mit dem Zug nach Stuttgart, in Kauf nehmen. Aber vielleicht würde es ja eines Tages klappen und er könnte sich auf eine Stelle bei der LPD im nahen Tübingen bewerben. Oder in Reutlingen bei der Kripo würde ein adäquater Posten frei werden: Besser auf jeden Fall, als in Sigmaringen jahrzehntelang auf die Beförderung warten zu müssen!

Und wenn nicht, dann halt nicht, klar war nur eines für ihn geworden: Seinen jetzigen Wohnort und seinen Weinberg würde er so schnell nicht mehr aufgeben. Darin war er sich sicher – relativ sicher wenigstens ... Es ärgerte ihn auch immer wieder, wenn Claudia, die aufgrund der rauen Mentalität der Ammertal-Bewohner gar nicht mehr so gerne hier wohnte, ihm den Mund wässrig zu machen versuchte: Mit einem – natürlich rein theoretischen Karrieresprung in Ulm oder in Konstanz oder gar in Heilbronn, womöglich in Karlsruhe oder weiß der Kuckuck wo sonst noch ... Nein! Irgendwann wusste man als Schwabe halt einfach, wo man hingehörte und wo man Wurzeln zu schlagen hatte, dachte Horst mit einem eher abfälligen Seitenblick auf den unglückseligen Deyhle, der solcherlei Überlegungen als gebürtiger Sindelfinger natürlich sein Lebtag lang sowieso nicht begreifen würde.

»Zu wem wollet Sie denn?«, riss ihn eine unüberhörbar in den schwäbischen Kernlanden geborene rotblonde Mitvierzigerin an der Eingangstüre der Gartenstraße 15 aus diesen existenziell-philosophischen Überlegungen.

»Zum Herrn Holder, Werner Holder, der müsste doch eigentlich hier wohnen, oder nicht?«

»Ja, freilich wohnt der hier, selbstverständlich, gleich da hinten, über unserem Büro. Ja, was wollet sie denn von dem?« Neugierig äugte die Rotblonde hinter ihrer komisch viereckigen Goldrandbrille hervor.

»Ach – das würde ich ihm eigentlich lieber selber sagen, nichts Wichtiges. Vielen Dank für die Auskunft.« Horst beeilte sich damit, der personifizierten Neugierde einen Dämpfer zu versetzen.

»Na, man wird ja wohl noch fragen dürfen!« Die bisherige, eindeutig aufgesetzte Höflichkeit der Rotblonden war mit einem Schlag wie weggeblasen. Wie konnte dieser mutmaßliche Hausierer sie aber auch derart im Regen stehen lassen!

Doch auch Horst landete keinen Punktsieg: Er hatte sich unprofessionellerweise noch nicht genau genug erkundigt, wo denn nun die Klingel zu Holders Wohnung zu finden war, und deshalb musste er sich nolens volens noch ein weiteres Mal dem nun ziemlich finster dreinblickenden rotblonden Drachen zuwenden: »Ach ja, Verzeihung! Eine Frage hätte ich schon noch! Wie komme ich denn überhaupt von hier aus zum Herrn Holder, wo ist denn da die Klingel?«

»Um die Ecke, ganz einfach um die Ecke, immer nur hübsch der Nase nach, da isch die Haustür für die Mieter«, bellte die Rotblonde: ein einziger Eisblock samt beleidigter Leberwurst in derselben Person.

»So, da drüben! Nun dann, vielen Dank auch!«, beeilte sich Horst zu sagen und zog Deyhle mit sich um die Ecke. Blöde Kuh! Gott sei Dank waren sie auf die wunderfitzige Ziege nicht weiter angewiesen! Eine messerscharfe Schlussfolgerung, mit der er, wie sich nur knappe zwei Minuten später herausstellen sollte, wieder einmal genauso scharf daneben lag.

Holder nämlich war nicht zu Hause, zumindest öffnete er weder die Tür, noch konnten die beiden Polizisten irgend eine Reaktion aus der Haussprechanlage vernehmen. Pech! Doch so musste Horst zähneknirschend beim zweiten Anlauf auf die Knie! Wieder öffnete die Rotblonde die Bürotür, diesmal mit hämischem Lächeln durch die dick aufgetragene Schminke hindurch. »Wer stört schon wieder?!«

Es half nichts, Horst musste da durch. Also: Erst einmal schlucken und dann ein zweiter Anlauf. Er lächelte der anderen verlegen ins Gesicht: »Ja – jetzt bin ich's leider noch mal!«

»Ja, das sehe ich! Leider!«

Dumme Nuss! Aber Ruhe bewahren! Freundlich bleiben! »Ist der Herr Holder vielleicht weggegangen. Es macht nämlich niemand auf! Wissen Sie da eventuell Bescheid?«

Doch das Eis bei der Rotblonden war ganz unübersehbar immer noch knüppeldick gefroren: »Nein, weiß ich net. Ich muss hier schließlich arbeiten und kann net den ganzen lieben langen Tag lang aus dem Fenster gucken. Aber wenn Sie mir vielleicht jetzt wenigstens sagen könnten, worum es denn überhaupt geht, vielleicht könnte ich ja dem Herrn Holder beispielsweise etwas ausrichten!«, startete die Kanaille einen neuen hinterlistigen Versuch, doch noch etwas über den Zweck des Besuchs in Erfahrung zu bringen.

»Du Aas«, dachte Horst grimmig, »aber gut, anscheinend bist du jetzt halt am Drücker!« Im Gegensatz zu seiner inneren Stimme ließ er sich jedoch nichts von seinem Verdruss anmerken, im Gegenteil – der Kommissar verkörperte nach wie vor ganz die beamtete Höflichkeit, auch wenn er nun zur altbewährten verbalen Vorwärtsverteidigung schritt: »Na ja, wissen Sie, wir sind von der Polizei, wir hätten dem Herrn Holder halt gern noch ein paar Fragen gestellt!«

»Soso, von der Polizei«, schlagartig war neues (und siehe da!) respektvolles Interesse bei Horsts Gesprächspartnerin erwacht. »Ein paar Fragen an den Herrn Holder haben Sie ... Ja hat er denn was ausgefressen? Wisset Sie, des mögen wir nämlich gar net, wenn unsere Mieter was mit der Polizei zu schaffen habet – wir sind ein ordentliches Haus!«

Horst hob abwehrend die Arme. »Nein, nein, der Herr Holder hat nichts ausgefressen, der war gestern nur Zeuge in einer Mordsache, und da haben wir halt noch ein paar Fragen an ihn. Schauen Sie, da ist mein Dienstausweis – mein Name ist übrigens Meyer – und das da, das ist mein Kollege Deyhle«, deutete Horst auf die trostlose Gestalt hinter sich.

Und immerhin: Das amtliche Auftreten verfehlte seine Wirkung nicht! Der Eisblock war urplötzlich von einer Sekunde auf die andere hinweggetaut: »Ja, da guck na, ja wieso habet Sie das denn net gleich gesagt – Mord und Totschlag und der Herr Holder mitten drin! Ja das muss aber natürlich sofort der Herr Schneider erfahren. Herr Schneider, Herr Schneider!«, rief die Rotblonde mit hoher schriller Fistelstimme hinter sich in das Büro hinein, dermaßen schrill, dass beinahe die Blumenvase auf dem Schreibtisch einen Sprung bekommen hätte (um die es so schade im übrigen auch nicht gewesen wäre).

Vergeblich versuchte Horst, die Wichtigtuerin wieder mehr auf piano zu bringen, indem er wiederum beschwichtigend die Arme hob. Doch es war vergebliche Liebesmühe!

»Herr Schneider, Herr Schneider! Kommet Sie schnell! Da ischt jemand von der Polizei, der will den Herrn Holder sprechen – der hat nämlich was gesehen bei einem richtigen Mord. Der will wissen, wann der wieder kommt!«, gellte die Stimme der Sekretärin nicht durch das Büro auf der Vorderseite der Gartenstraße 15, sondern durch halb Luginsland.

Horst verdrehte, in sein Schicksal ergeben, die Augen: Nun wussten es sicherlich bereits drei Viertel der Menschheit, dass die Polizei in Luginsland war und einen Herrn Holder zu sprechen wünschte! Von Überraschungseffekt konnte folglich keine Rede mehr sein! Na, bravo!

»Moment, Moment, ich komm ja schon«, klang die ziemlich unwirsche Antwort von hinten aus dem Bürotrakt heraus. »Also, wer will von wem wissen wo wer war?«

Einen Augenblick später sah sich Horst einem smart gekleideten Enddreißiger gegenüber, Typus Immobilienmakler, der sicherlich notfalls auch seine eigene Großmutter mitverscherbeln würde, sofern nur hinterher auch einigermaßen die Kasse stimmte. Ein richtiger Krawattenaffe halt, konstatierte der Hauptkommissar, der seine Vorurteile durchaus sorgfältig hegte und pflegte, und darüber hinaus – das musste er zugeben – in der Tat immer wieder heftige Probleme mit der korrekten Dienstkleidung innerhalb einer Schickimicki-Großstadtbehörde mit sich herumzutragen hatte. Aber Krawatten, erst recht auch noch solche am eigenen Hals, die konnte er nun mal auf den Tod nicht ausstehen. Und deshalb hatte er sich auch von einem Freund, der im Urlaub nach Thailand gejettet war, ein halbes Dutzend Hemden mit Krokodilaufnäher mitbringen lassen (auf dem schwarzen Markt dort waren die Dinger für weniger als zehn Mark zu haben). Solch ein blödes Krokodil ersparte einem, zumindest manchmal, die Krawatte, denn der Eingeweihte wusste schließlich, dass eines dieser Polohemdchen hierzulande nicht unter hundert Mark zu erstehen war! Krokodile machen Leute – so ein Blödsinn, aber so war es halt!

»Ja also, wir sind von der Polizeidirektion Stuttgart und wollten eigentlich den Herrn Holder sprechen!

Entschuldigen Sie die Störung vielmals«, begann der Kommissar einleitend.

»So – von der Polizei sind Sie also und wollet den Herrn Holder sprechen«, kam der Großmutterverkäufer postwendend zur Sache. »Ja, was hat er denn ausgefressen?«

Schon wieder! »Nichts hat er ausgefressen, gar nichts, es handelt sich nur um eine reine Routine-Angelegenheit!«

»Wisset Sie, Herr Schneider, der war nämlich Zeuge«, ergänzte die Rotblonde eilfertig. »Zeuge bei einem Mordfall.« Schlagartig zuckte die Erkenntnis durch ihr Gesicht und sie begann, über alle vier Backen zu strahlen. »Ha klar! Richtig! Wenn man recht guckt, dann geht es womöglich um diese Geschichte da gestern im Hauptbahnhof. Das könnte ja sein, schließlich ischt der Herr Holder ja bei der Bundesbahn angestellt. Also, habe ich Recht? Geht's um diese Sache etwa?«, drängelte die Sekretärin.

»Ja genau, darum geht's«, gab Horst wieder mal mehr Auskunft, als der Datenschutz dies eigentlich zuließ. Aber irgendwie musste man ja doch einerseits die Neugier dieser Person befriedigen und vielleicht ja auf diesem Wege andererseits doch noch etwas von Belang herausbekommen können. Irgendwie verwirrte ihn die beiläufige Information, dass die Zeitgenossen ringsum offenbar schon bestens über den Stand der Dinge unterrichtet schienen. »Ja, äh, so so: In der Stuttgarter Zeitung steht es also auch schon drin?«

»Ha freilich, Mord im Eilzug und dass da so ein komischer Kommissar praktisch die ganze Zeit über daneben gestanden hätte und überhaupt nichts mitbekommen hat von dem Ganzen.« Der »komische Kommissar« kämpfte einen heftigen Kampf mit seinem Blutdruck, um nicht in Sekundenschnelle puterrot im Gesicht anzulaufen! »Also Typen gibt es manchmal und für so etwas zahlen wir dann auch noch unsere Steuern vom sauer verdienten Geld! Aber, gell, so ischt es halt: Man kann sich heutzutage sein Personal auch nimmer richtig aussuchen, man muss eben nehmen, was kommt und was man kriegen kann!«

Auch das noch! »Ja, da haben Sie Recht. Uns geht es da, wie Ihnen auch«, warf Horst mit einem bösen Seitenblick auf die schrille Sekretärin in die Debatte. Immerhin schien er mit dieser Bemerkung einen wie auch immer gearteten Punktegleichstand erzielt zu haben, denn sowohl der Krawattenheini als auch die Rotblonde glotzten ihm nun leicht irritiert entgegen. »Also, Sie sagen, der Herr Holder sei nicht da, wissen Sie vielleicht, wann er wiederkommt oder wo er ist?«

»Nein, ausgeschlossen, woher auch«, schüttelte der Heini den Kopf. »Wissen Sie, bei den vielen Mietern, die wir haben, wenn man sich da von jedem merken würde, wann er kommt und wohin er geht ... aber bitte, kommet Sie doch mit mir nach hinten, Herr Meyer, und Sie natürlich auch, bitte schön, Herr Bleyle!«

Idiot! »Deyhle, heißt mein Kollege! Deyhle mit D wie Dora – nicht zu verwechseln mit der Bekleidungsfirma«, verbesserte Horst für seinen wieder mal mit einem einst gut schwäbischen, bombensoliden Unternehmen verwechselten Begleiter, der sich nur in stiller Resignation auf die Lippen gebissen hatte.

»Ja, selbstverständlich, Herr Meyer, Herr Deyhle; entschuldigen Sie die kleine Verwechslung!« Jovial deutete Schneider mit dem ausgestreckten Arm in das Haus hinein. »So, dann kommen Sie doch grade mit mir nach hinten. Da sind wir dann auch ungestört.« Auf diese Bemerkung hin heimste sich der Lackaffe einen bitterbösen Blick seiner rotblonden Empfangsdame ein. »Sodele ja, kommet Sie nur! Herein in die gute Stube, darf ich Ihnen vielleicht etwas zum Trinken anbieten: Kaffee, Tee, ein Schnäpsle vielleicht oder womöglich ein kleines Cognäcle?«

»Nein, nein, das ist sehr nett von Ihnen, vielen Dank, aber wir sind im Dienst, Sie wissen ja«, wehrte Horst auch im Namen des nun durch die vorher erlittene Schmach der Namensverwechslung noch trostloser vor sich hinstierenden Deyhle ab. Sonst noch was, sich ausgerechnet von diesem geschleckten Affen freihalten zu lassen. Kam ja nicht in Frage.

»Tja, schade, aber das müssen Sie selber wissen. Erwachsen sind wir doch schließlich alle! Entschuldigung, kleines Späßle von mir!« Freudestrahlend klatschte der Typ ob seiner gelungenen Humordarstellung in die Hände. »Aber sicherlich haben Sie nichts dagegen, wenn wenigstens ich mir einen Kleinen genehmige«, sprach's und goss sich ein nicht gerade kleines

»Cognäcle« von nicht grade der billigsten Sorte erst ins Glas und danach ruck, zuck hinter die Binde.

»Mein lieber Schieber«, dachte Horst bei sich, »der scheint ja ganz schön etwas vertragen zu können und das schon morgens um diese Uhrzeit, da schien die Not aber groß zu sein!«

»Aaah, das tut gut – ein Cognäcle am Morgen vertreibt Kummer und Sorgen, gell, haha, ein kleines Witzle aber Spaß muss ja sein, nicht wahr meine Herren, gelletse, wo kämen wir denn da auch sonst hin?« »Oh du verlogenes Aas!« Typisch für diese Sorte von schwäbischem Emporkömmling der 90er Jahre: Bauernschlau, dreist, selbstgerecht, falsch wie eine Schlange und immer scheißfreundlich lächelnd – so freundlich, dass es überhaupt nie und nimmer ehrlich gemeint sein konnte.

»Also«, nahm der so insgeheim charakterisierte Lackaffe den Gesprächsfaden von vorhin wieder auf, »zum Herrn Holder wollet Sie! Hmm!« Er versuchte, eine nachdenkliche Miene an den Tag zu legen und strich sich mit der Hand über das Doppelkinn. »Hmm! Ja, also, genau gesagt habe ich den schon seit gut und gerne einer Woche nicht mehr gesehen. Wissen Sie, der ist ja viel unterwegs, beruflich bedingt, halt als Schaffner bei der Bundesbahn, und wenn er dann mal hier ist, dann oft zu ganz anderen Zeiten als unser Büro geöffnet hat. Eigentlich ist er derjenige von unseren Mietern, der am seltensten daheim ist – aber dagegen haben wir natürlich überhaupt nix, im Gegenteil, dann wird die Wohnung schon nicht so abgewohnt! Ja, und rauchen, rauchen tut er auch net, der Herr Holder. Kein Alkohol, kein Hasch ...«

Horst fuhr bei diesem Stichwort zusammen. Was sollte das denn? Wieso kam der jetzt ausgerechnet auf Rauschgift? Irritiert verfolgte er Schneiders weitere Ausführungen über den idealen Mieter.

»Angenehm, sehr angenehm, so ein Mieter, und dabei war ich doch so lange im Zweifel, ob ich ihm die Wohnung überhaupt tatsächlich geben sollte!«

»Ach so, Sie sind net bloß der Verwalter, Ihnen gehört also das ganze Haus hier?«

»So ist es, Herr Kommissar, Sie haben es messerscharf erfasst. Tja, da sieht man halt doch gleich den erfahrenen Polizeibeamten in Ihnen, Kombination ist halt alles, gell!

»Schleimer widerlicher!«

Als habe er Horsts stumme Beschimpfung von gerade eben gehört, glotze ihm Schneider einen Augenblick lang irritiert in die Augen. »Ja, wo waren wir jetzt gleich wieder stehengeblieben? Richtig, also dem Herrn Holder, dem habe ich die Einzimmerwohnung damals vor einem Jahr vermietet, gleich nach unserem Umbau. Wir haben das Haus nämlich total auf den Kopf gestellt, das war ein günstiger Kauf seinerzeit, ich sag's Ihnen, d i e Gelegenheit, beste Wohnlage, drei Zimmer unten, drei oben, ein völlig ungenutztes Dachgeschoss, ideal zum Ausbau in eine schnuckelige Zweieinhalb-Zimmer-Wohnung, also allererste Sahne sag ich Ihnen. Ha, und da habe ich natürlich zugeschlagen, bildlich versteht sich, hahaha, und unten mein Immobilienbüro eingerichtet. Dazu noch oben ein bissle umgebaut und so habe ich im Endeffekt dann drei Einzimmer-Wohnungen und sogar noch das ganze Dachgeschoss gewonnen, was saget Sie dazu!«

Selbstgefällig und Beifall heischend sah Schneider mit stolz in die Höhe gerecktem Kinn auf den Kommissar herunter, der jedwede Erwiderung zähneknirschend herunterschluckte und stumm blieb wie ein Fisch.

»Einmalig, sag ich Ihnen. Mit dem Geld von den Mieteinnahmen finanziere ich den gesamten Umbau und bekomme sogar noch Mittel für die Schaffung von Wohnraum, weil ich nämlich ein Aussiedlerehepaar mit einem kleinen Kind hereingenommen habe. Gut, die muss ich jetzt halt fünf Jahre drin lassen und danach ist Schluss mit lustig! Aber immerhin ist die Wohnung dann so gut wie bezahlt.« Wieder klatschte der Angeber begeistert über seine Art der hier so offen an den Tag gelegten Bauernschläue begeistert in die Hände. »Tja, ich sag's ja immer: Das Geld liegt nach wie vor auf der Straße, nur: Schlafen, schlafen darf man heutzutage natürlich nicht mehr so wie früher! Früher, da war das noch einfacher, heutzutage, heute braucht es schon ein helles Köpfchen und die richtige Witterung!« Wie auf ein Stichwort drehte er dabei die Nase in einer offenbar lange einstudierten Bewegung stolz in den Wind: »Wie gesagt – es liegt schon noch auf der Straße, das Geld! Man muss halt erstens wissen, wo genau, und zweitens, man muss es natürlich aber dann auch aufheben, gell!«

Der Kerl war ja unerträglich! Horst hätte am liebsten etwas auf diese unsägliche Lobeshymne erwidert, besann sich aber zum Glück eines Besseren und schluckte seine bitterböse Entgegnung runter. Eigentlich interessierte ihn die Litanei des Angebers sowieso nicht die Bohne und weiter schienen sie in ihrem eigentlichen Fall auch nicht zu kommen. Deshalb beschloss er, dass es nun an der Zeit war, den geordneten Rückzug anzutreten. Doch kaum wollte Horst diesen einleiten, hatte der Großmutterverkäufer auch schon sein Netz über ihm ausgeworfen.

Mit breitem süßlichen Grinsen, leicht gerunzelter Stirn und offen ausgebreiteten Armen begann der nun, sich einen möglichen Fang zu sichern, und so die mit den Polizisten verlorene Zeit vielleicht doch noch in klingende Münze umzuwandeln. »Ja, Herr Meyer, was ich Sie beiläufig doch noch fragen wollte, ganz privat aber: Wie sieht es denn gerade bei Ihnen aus, sind Sie eigentlich mit Ihrer Wohnsituation zufrieden? Sie haben ja sicher Familie – wissen Sie, ich habe selbstverständlich ständig etwas Gescheites auf Lager, natürlich nur für seriöse Mieter! Halt solche wie Sie, jemand von der Polizei im Haus, das macht sich immer gut, da fühlt man sich gleich beschützt. Man kann ja schließlich nie wissen, Sie verstehen, was ich meine, gell.« Der Immobilienheini trat einen halben Schritt zurück und musterte Horst nachdenklich. Ganz offensichtlich hatte der ihn grade taxiert, was er finanziell wohl stemmen könnte, fuhr es Horst wütend durch den Kopf! Und tatsächlich: »Oder würdet Sie vielleicht lieber etwas kaufen wollen, so eine schöne kleine Eigentumswohnung – zufällig bauen wir da grade etwas wunderbares in Fellbach, kleine Wohneinheit, vier bis fünf Zimmer, Entfernung zur nächsten Straßenbahnhaltestelle ganze 200 Meter, Parkplatz und Tiefgaragenstellplatz inklusive, ab 450.000 Mark aufwärts, und das auch noch ohne Vermittlungsprovision, ich bitte Sie: Das ist doch fast schon nachgeworfen! Also, wenn das vielleicht für sie in Frage käme ... Wissen sie was, ich gebe ihnen am besten einen kleinen Prospekt mit, da können sie sich dann erst einmal vorab informieren und dann jederzeit einen Besichtigungstermin mit mir vereinbaren, der Rohbau steht schon.« Er griff kurz hinter sich auf die Schreibtischablage und drückte dem widerstrebenden Kommissar, der bislang keine Chance gesehen hatte, sich der Redelawine entgegenzustemmen, einen bunten Hochglanzprospekt in die Hände. »Bloß sollten Sie sich beeilen mit dem Überlegen, die Hälfte haben wir nämlich schon verkauft, und wer zuerst kommt, mahlt zuerst. Und was die Finanzierung angeht, da habe ich grade erst gestern ein wirklich ganz besonders günstiges Angebot ...«

Jetzt war es aber wirklich genug! »Nein, nein, vielen Dank!«, versuchte Horst, sich nun entschieden gegen den Immobilien-Wortschwall zur Wehr zu setzen. »Wissen sie, ich habe nämlich schon was Eigenes in der Nähe von Tübingen und damit bin ich eigentlich ganz zufrieden!«

»Ach so – ja das ist aber schade«, die Enttäuschung stand dem Krawattenheini mit einem Mal ins Gesicht geschrieben oder vielleicht tat der auch nur so. Na ja, Tübingen ... also ich weiß net: Tübingen ...«

Was sollte denn das schon wieder? Horst sollte es augenblicklich erfahren.

»In und um Tübingen, da gibt es ja wirklich schöne Wohnlagen, zugegeben, aber andererseits, tagtäglich von Tübingen aus hierher nach Stuttgart ins Geschäft zu fahren, also wissen Sie: Das ist ja auch Geschmackssache, bei dem ewigen Stau, den man da immer im Radio hört.«

»Na, das ist halb so schlimm, wissen Sie, ich fahre fast immer mit dem Zug zur Arbeit, da geht's eigentlich ganz gut und Zeitung lesen kann man dabei auch noch!« »Manchmal wenigstens!«, setzte Horst für sich noch stumm hinzu.

Dieser Satz beinhaltete ganz offenbar eine gewaltige Erkenntnis! Seinem Gegenüber schien mit einem Mal ein ganzer Kronleuchter aufzugehen. »Ja was, mit dem Zug nach Stuttgart! Womöglich Herrenberg – Stuttgart!« Wieder trat er einen Schritt zurück und musterte Horst eingehend. Ohne die Antwort abzuwarten, die für ihn allem Anschein nach bereits feststand, fuhr Schneider fort: »Ja, dann sind Sie ja womöglich genau der Polizist, der da heute in der Zeitung steht! Also der, der gestern bei dem Mord praktisch Zeuge gewesen sei soll, aber in Wirklichkeit anscheinend gar nix gemerkt hat!«

»Sie haben es erfasst!«, knurrte Horst verstimmt, der sich jetzt natürlich granatenmäßig darüber ärgerte, dem Immobilienheini ausgerechnet auch noch zu dieser Erkenntnis verholfen zu haben. »So ist es halt! So! Jetzt müssen wir aber wirklich weiter! Also dann, Herr Schneider, vielen Dank für Ihre Informationen ...«

»Aber bitte, gern geschehen! Ach ja, sollen wir dem Herrn Holder, wenn er kommt, dann vielleicht etwas ausrichten?«

»Nein, das ist nicht nötig, oder doch«, Horst überlegte kurz. »Ja, vielleicht doch: Das wäre sehr freundlich von Ihnen. Also, falls Sie ihn in der nächsten Zeit zu Gesicht bekommen, dann könnten Sie ihm bitte sagen, er möchte sich doch bei mir melden, wir hätten da noch ein paar Fragen an ihn!« Er griff in seine Jackentasche und holte eine Visitenkarte heraus, die er Schneider überreichte. »Hier bitte, hier ist meine Karte, da steht die Telefonnummer drauf, sehen Sie hier. Das ist die Zentrale und das hier, das ist dann die direkte Durchwahl, da landet er dann gleich bei mir auf dem Schreibtisch.«

»Haha, das ist gut: Direkt auf dem Schreibtisch landet er da!« Der Krawattenaffe schien sich köstlich über diesen Ausspruch zu amüsieren. »Aber gell, Herr Meyer, das sage ich ja auch immer, Spaß muss sein. Was wäre das Leben ohne ein bisschen Spaß und Freude, nicht wahr?«, beschied er den Kommissar, der einigermaßen verwirrt in der Weltgeschichte stand, weil er sich gar nicht bewusst war, da gerade eben einen solch genialen Witz vom Stapel gelassen zu haben. Aber sei's drum – auch egal! Horst hatte auch gar keine Lust mehr, darüber nachzudenken. Er wandte sich nun endgültig zum Gehen.

Schneider folgte ihnen eilfertig. »Ja gut, also dann, und falls Sie oder der Herr Kollege Bleyle ...«

Zähneknirschend unterbrach Horst den schon wieder beginnenden Redeschwall und verbesserte im Namen des leidgeprüften Kollegen. »Deyhle ... nicht Bleyle ... Deyhle mit D wie Dora nicht B wie ...«, er schluckte das B wie Blödmann jedoch tapfer herunter.

Der andere dagegen schien – nun einmal in Fahrt geraten – nicht mehr zu bremsen: »... der Herr Kollege also mal nach einer Anlagemöglichkeit schauen, also ich hätte da schon noch ein paar wunderbare Objekte, Bauherrenmodell, Ein- und Zwei-Zimmer-Wohnungen, hochinteressant, Herr Meyer, hoch interessant, sage ich Ihnen und so etwas kriegen Sie in Stuttgart auf jeden Fall auch immer sofort bestens vermietet, schließlich haben wir ja zusammen mit München das höchste Mietpreisniveau in der ganzen Republik!«

Klar, dank solcher Immobilienhaie wie dem da, konstatierte Horst grimmig, nahm sich aber wiederum zusammen und bedankte sich artig für das ach so menschenfreundliche Angebot: »Ja, das wäre natürlich schon etwas, logisch! Aber Sie wissen ja: So viel verdienen wir bei der Polizei dann halt leider doch nicht, dass ich einerseits ein Haus verhalten und nebenbei auch noch eine Wohnung finanzieren könnte ...« Er beschrieb mit den Armen eine hilflose Geste, bevor er fortfuhr: »Aber trotzdem, Herr Schneider, vielen Dank für das Angebot und schönen Tag noch – auf Wiedersehen!« Er streckte die Hand aus und verabschiedete sich mit einem, wie er meinte, für seine Verhältnisse bewundernswert höflichen Lächeln.

»Danke ebenfalls, kommen Sie gut zurück in Ihr Büro. Und falls Sie oder Ihr Kollege halt doch einmal ein paar Mark fünfzig übrig haben sollten ...« Der Kerl hatte sein entwaffnendstes Lächeln aufgesetzt und präsentierte den beiden sein goldglitzerndes Haifischgebiss! Der schien anscheinend niemals aufzugeben! »Schließlich könnte man ja auch mal was erben, gell? Wie gesagt, Anruf genügt, Herr Meyer. Wir haben da immer etwas Maßgeschneidertes auf Lager, ich habe da schließlich schon meine Quellen ... Sie verstehen ...«, fügte er kumpelhaft mit den Augen zwinkernd hinzu.

Nein, Horst verstand nicht, er konnte es sich zwar beinahe denken, weigerte sich aber, das denken zu wollen, was er da bereits dachte. Erst neulich waren ja Schiebereien bei den Stuttgarter Notaren und der Stadtverwaltung ans Tageslicht gedrungen, wobei die versammelten Immobilienhaie irgendwie wieder mal ihren Kopf gerade noch aus der Schlinge hatten ziehen können. Nein, er wollte da jetzt gar nicht weiter herumdenken, an irgend etwas musste man schließlich doch noch glauben können! Es konnte doch wohl nicht wahr sein, dass die ganze Meute korrupt war bis ins Mark und untereinander auch noch nach Herzenslust kungelte, dass die Schwarte krachte! Nein! Schließlich lebte man ja nicht unter der südlichen Sonne irgendeiner Bananenrepublik, sondern in der Hightech-Region des Musterländles, das nur durch schwäbische Schaffenskraft und viel, viel Fleiß, Schweiß und Entbehrungen so weit nach oben geklettert war. Man durfte doch um Gottes willen nicht überall ein Haar in der Suppe vermuten! Bitte nein! An irgendeine moralische Instanz musste man doch wohl noch glauben dürfen!

Doch im selben Moment begann die fromme Illusion auch schon gewaltig zu zerbröseln. »Ach ja – und viele liebe Grüße auch noch an Ihren Herrn Unterhauser, der ist doch Ihr Chef, gell? Wissen Sie, den kenne ich privat nämlich ganz gut, ein sehr, sehr netter Mann!«, rief der Immobilienheini dem Kommissar und seinem Begleiter noch hinterher.

Natürlich! Wieder einmal Unterhauser, wer denn sonst! Wer kannte diesen alten Gschaftlhuber auch nicht, das hätte er sich ja denken können, der Wichtigtuer musste schließlich bei jedem Empfang und bei jedem Stuttgarter Schickimicki-Treffen dabeistehen, dieser alte Affe, bloß weil der dachte, er gehöre dann auch dazu. In Wirklichkeit schmückten sich die ganzen feinen Herrschaften doch bloß mit der Uniform des eitlen Gecken: Im Grunde genommen war es ihnen eigentlich völlig Wurscht, wer da drinsteckte, aber es könnte ja eines schlechten Tages womöglich einmal so weit kommen, dass man sich vielleicht einmal der Hilfe des obersten Stuttgarter Polizeibosses versichern musste.

Aufseufzend setzte Horst sich zusammen mit dem triefnasigen Deyhle, der bei diesem »Einsatz« nun nicht mal als Zeuge hatte eingesetzt werden können, in den Dienstwagen und steuerte die Stuttgarter Stadtmitte an. Er war gespannt, was Weinmüller in der Zwischenzeit an hoffentlich neuen Erkenntnissen gewonnen hatte.

Kapitel XIV

»So, Horst, jetzt pack mal aus«, strahlte Weinmüller bereits bei ihrem Eintreten über alle vier Backen. Die Tatsache, dass er bei seinen Recherchen ganz offensichtlich weitergekommen war, drang ihm regelrecht aus allen Poren. Für Horst war das wieder einmal augenfälliger Beweis genug, dass der Kollege nie und nimmer einen guten Pokerspieler abgeben würde – aber wieso auch sollte ein Stuttgarter Kommissar ein amerikanisches Kartenspiel beherrschen müssen! Schafskopf? Eher schon! Skat? Aber hallo! Binokel? Sicherlich! Gaigel auch! Der hatte diesbezüglich ja schließlich schon genug vergaigelt! Nein! War kein guter Gag! Und so schluckte ihn Horst im Interesse des Bürofriedens schnell hinunter, bevor er an das Ohr des ahnungslosen Gegenübers dringen konnte.

»Auspacken, du bist gut, Weinmüller. Also, um es kurz zu machen: Außer Spesen nichts gewesen, der Vogel war ausgeflogen. Eine Stunde haben wir gewartet, umsonst! Ich habe mich dafür von so einem Immobilienheini vollquatschen lassen müssen, bei dem der Holder in Untermiete wohnt. Der hat da in Luginsland nämlich ein Haus umgebaut, unten das Büro untergebracht und oben massenhaft Wohnungen reingequetscht. Also wenn du mich fragst, ist das – zumindest teilweise – eindeutig Zweckentfremdung von Wohnraum, das mit dem Büro, aber unsere Freunde von der Stadtverwaltung sind offenbar wieder mal nicht in der Lage, so etwas festzustellen. Da wird immer nur gejammert und geheult, man habe keine Wohnungen in der Stadt! Du meine Güte, wenn die bloß halb so gut wären mit ihrem Gejammer wie das Geschwätz von ihrem OB komischerweise immer bei den Leuten ankommt, also dann wären die Stuttgarter schon längst die Weltmeister im Wohnraum schaffen, und Typen wie der Schneider und die ganzen anderen Geldsäcke von seiner Sorte müssten eine happige Geldstrafe blechen!«

»Wie heißt der?! Schneider? Doch wohl nicht etwa Peter Schneider, oder?«

»Weiß ich nicht, seinen Vornamen hat er mir nicht auch noch verklickert. Wollte ich ehrlich gesagt auch gar nimmer wissen, sonst hätte der mir in der Zwischenzeit doch noch eine Wohnung an die Backe gehängt! Wieso willst du das denn wissen?«

»Ha, weil es da im Stuttgarter Stadtrat einen Schneider gibt, ein ganz wichtiges Tier bei der FDP ist der! Der hat das clever gemacht: Bei denen kann ja jeder rucki, zucki Karriere machen, wenn er es richtig anstellt. Die haben ja fast keine Leute, aber andererseits überall die Finger drin. Da gehen Parteikarrieren am schnellsten von allen! Wie auch immer: Auf jeden Fall ist dieser Stadtrat Schneider anscheinend ein guter Bekannter von unserem Alten, der wohnt doch auch da hinten im Remstal. Und genau von dort kommt eben genauso dieser Schneider. Da hinten: Waiblingen, Weinstadt, Schorndorf. Dort, wo sie seit den Zeiten vom Reinhold Maier fast alle so mordsmäßig liberal sind! Mensch, der Reinhold Maier, unser erster Ministerpräsident! Der würde sich wahrscheinlich im Grab herumdrehen, wenn der sehen könnte, wie diese Typen seine schöne alte, liberale FDP inzwischen abgewirtschaftet haben!«

»Ach du meine Güte, alles, bloß nicht das auch noch«, stöhnte Horst, schon wieder eine regelrechte Unterhauser-Connection witternd. »Wieso denn immer ausgerechnet ich! Wieso tappt da nicht mal ein anderer von uns rein? Aber sag mal, woher weißt du denn diesen ganzen Käse schon wieder und woher soll man denn diesen Stadtrat Schneider eigentlich kennen?«

»Ha, wie gesagt: Erstens ist der Kerl im Stadtrat, dort ist er übrigens – man glaubt es ja kaum – wohnungsbaupolitischer Sprecher von der FDP- Fraktion, oder wie sein Titel bei denen halt heißt, und zweitens: Siehst du, da rächt sich dann halt immer die Tatsache, dass du nicht hier in Stuttgart wohnst ... Das hättest du nämlich sonst in der Stuttgarter Zeitung lesen können. Vor vier oder fünf Monaten, da hat der Schneider doch offenbar mit ein paar von seinen Projekten ganz furchtbar die Nase reingeklemmt. Erst zu teuer gebaut und jetzt kriegt er das Zeug nicht schnell genug los, nicht einmal in Stuttgart. Damals haben sie geschrieben, das Immobilien-Imperium Schneider sei so gut wie pleite oder zumindest würde es nimmer lange bis dahin dauern. Natürlich hat der Schneider immer heftig dementiert und sogar eine Gegendarstellung in der Zeitung gehabt, aber die sind bei ihrer Behauptung geblieben. Siehst du, es lohnt sich halt doch, die Nesenbach-Postille zu lesen, und nicht dein pseudo-ambitioniertes Tübinger Käsblättle!«

»Schon gut, schon gut«, kapitulierte Horst, der die hochgestochene Tübinger Zeitung eh nicht leiden konnte, weil sie nur von Akademikern oder abgebrochenen Akademikern für ihresgleichen geschrieben wurde, und nicht fürs normale Volk. Aber das verwöhnte Söhnchen des Herausgebers, das inzwischen seinen Vater beerbt und sich auch noch zum Chefredakteur ernannt hatte, gab sich halt viel lieber mit den Tübinger Professoren und der vermeintlichen Uni-Schickeria ab, als mit den ganz normalen Zeitgenossen zwischen Neckar und Ammer. Doch da war halt nix zu machen. Die unter normalen Tübinger Bürgern heftig kritisierte »Neckarprawda« hatte eben das Monopol im Landkreis und zumindest für die Todesanzeigen, fürs Kino und zum Feuer machen war sie denn doch zu gebrauchen und so (wenn auch zähneknirschend) unverzichtbare Tageslektüre.

»Also, das wird uns alles zwar überhaupt nicht weiterbringen in unserer Mordgeschichte, aber da sieht man halt wieder mal, wie klein die Welt ist«, wurde Horst mit seiner Einschätzung fast schon wieder philosophisch, wobei er wiederum mit seiner Treffergenauigkeit, ohne es zu ahnen, um gut und gerne fünfzig Prozent daneben lag.

»Na gut, dann mache jetzt ich mal weiter«, strahlte Weinmüller seinen Kollegen honigkuchensüß an. »Unser lieber Onkel Doktor hat sich nämlich mittlerweile tatsächlich zu einer vorläufigen Stellungnahme durchringen können, wie er es nennt. Was ja bekanntlich bei dem im Klartext heißt, dass er absolut sicher ist, wie es alles gewesen ist. Aber ich brauche es dir ja eigentlich fast nicht mehr zu sagen. Endgültig will sich der Doktor dann doch erst Ende der Woche festlegen ...«

Meine Güte! Wann kam der denn endlich zum Punkt?! »Jetzt mach's halt nicht ganz so spannend Weinmüller!«, drängelte Horst, »los, spuck schon aus, was du weißt!«

»Gemach, gemach!« Der Kollege streckte beschwichtigend die Hände von sich. »Immer langsam mit die jungen Pferde! Also, Punkt eins: Die Frau ist mit 99-prozentiger Wahrscheinlichkeit nicht durch ein Unglück ums Leben gekommen, sondern es hat sie einer absichtlich wohl erst gegen die Zugwand und dann gegen das Waschbecken im Klo geschleudert!«

Horst hieb mit die Faust krachend auf seine Schreibtischunterlage. »Menschenskinder, also doch! Dann war es also tatsächlich Mord und keine fahrlässige Körperverletzung mit Todesfolge!«, staunte der Kommissar, der fast schon gegen seine Erwartung einen wesentlichen Teil seiner Theorie, die er sich am Abend zuvor im Weinberg zusammengereimt hatte, bestätigt sah.

»Genau, du sagst es. Übrigens, Rauschgift hat die tatsächlich nicht genommen und es auch nicht an den Händen gehabt, das steht fest!«

»Na also, da siehst du, was Sache ist!«, bemerkte Horst mit gönnerhaftem Blick auf sein Gegenüber:

»Habe ich dir ja von Anfang an gesagt, aber wer nicht hören will ...«

»Moment, Moment, jetzt halt mal die Luft an, ich bin noch nicht ganz fertig. Jetzt kommt nämlich Punkt zwei! An den Händen, da hat sie zwar kein Rauschgift gehabt und in ihrem Blut hat man auch keines nachweisen können, aber auf ihrem Pullover! Da haben die Jungs von der Spurensicherung dasselbe Zeug gefunden, wie es auf dem Boden gelegen hat!«

»Donnerwetter«, nickte Horst anerkennend, »sage also noch einer was gegen unsere Spurensicherung! Respekt, Respekt!«

»Das ist aber immer noch nicht alles!« Weinmüllers Miene nach schien er sich nun ganz allmählich dem absoluten Höhepunkt seiner Verkündigungen zu nähern: »Punkt drei! Auch im Papierspender direkt am Waschbecken haben sie Spuren von Koks gefunden, und unter diesem Papierspender hat ganz offensichtlich ein Streifen Tesa geklebt!« Verbunden mit einem bedeutungsvollen Blick stemmte er die Hände in die Hüften.

»Ja, wer denkt denn so was? Auf so eine Idee muss man erst mal kommen, einen Papierspender auf einer Zugtoilette nach Rauschgiftspuren zu untersuchen, du liebe Güte! Und dann finden die Jungs tatsächlich auch noch etwas!«

»Tja, gell! Sachen gibt's, die gibt's gar nicht!«

»Haben sie dann auch etwa dazu passende Fingerabdrücke gefunden?«, unterbrach Horst die philosophischen Anwandlungen seines Kollegen ganz banal und ziemlich praxisorientiert.

Der zog mit wichtiger Miene die Augenbrauen in die Höhe. »Aber sicherlich doch, und zwar auch noch wunderschöne!«

»Na, da schau an! Und von wem sind die dann?« Nun war auch Horst gespannt wie ein Regenschirm.

»Ha, das wenn man wüsste. In unserer Kartei ist auf jeden Fall keiner von denen verzeichnet. Vielleicht sind sie nur von den Leuten, die während der Zugfahrt halt einfach so aufs Klo gehen mussten. Vielleicht sind sie vom Reinigungspersonal ... Vielleicht sind sie aber tatsächlich vom Täter, den es in unserer Fingerabdruckkartei eben noch nicht gibt ... Vielleicht sind sie aber auch von einem Berufspendler, ich wüsste da einen ... einen namens Horst Meyer beispielsweise – wer weiß!«

»Arschloch!« Horst kämpfte mühsam den in ihm hochsteigenden Ärger nieder. »Na ja, wäre ja auch zu schön gewesen, um wahr zu sein, wenn wir in der Kartei gleich auf einen alten Bekannten gestoßen wären. Aber dann müssen wir jetzt halt von sämtlichen Tatbeteiligten und Zeugen, angefangen bei den Bahnpolizisten bis zu den Schaffnern, eben Fingerabdrücke nehmen!«

»Der Kandidat hat hundert Punkte und kann gleich als erster antreten. Nein, ich mache diesmal wirklich keinen Witz!«, wehrte Weinmüller die über ihn hereinbrechende Schimpfkanonade des Kollegen geistesgegenwärtig schon im Ansatz ab. »Jetzt stell bitte nicht auf bockig und überlege doch mal! Ob du willst oder nicht: Du musst da mitmachen! Du warst schließlich mittendrin im Geschehen und deshalb müssen wir sichergehen, dass der Fingerabdruck nicht von dir stammt. Allein, um die anderen Fingerabdrücke dadurch sortieren zu können. Obwohl ...« Weinmüller hielt inne und schenkte Horst Meyers Händen einen mitleidig-spöttischen Blick, bevor er fortfuhr. »... wenn ich mir so deine Wurstfinger ansehe!« Der Humor des Kollegen bewegte sich wieder mal eindeutig hart an der Grenze und war bestenfalls Geschmackssache!

»Also jetzt halt aber wirklich mal die Luft an – verarschen kann ich mich selber!«

»Gemach, gemach«, unterbrach Weinmüller den Gemütsausbruch von Horst zum zweiten Mal. »Ich bin immer noch nicht fertig. Punkt vier! Die Freunde von der Spurensicherung sind sich nämlich auch relativ sicher, dass mit dem Tesastreifen unter dem Papierspender ein Schlüssel festgeklebt worden sein muss. Und zwar vermutlich einer von der Größe, die haargenau gepasst hat, um den Spender aufzuschließen und damit dann das Rauschgift herauszunehmen.«

»Ja, und wenn es die Putzfrau war, die sich den Schlüssel da unten angeklebt hat, falls sie ihren halt mal vergessen hat, wenn sie Papier nachfüllen muss?«, machte Horst nun ganz absichtlich in Obstruktion.

Doch Weinmüller begegnete dem Hieb souverän und gut vorbereitet. »Daran habe ich natürlich auch schon gedacht, aber die von der Bundesbahn sagen, die

Putzkolonnen haben einen ganzen Schlüsselbund mit allen möglichen Schlüsseln dran. Das mit dem hinkleben, das sei deshalb so gut wie ausgeschlossen. Und wenn ihn trotzdem jemand absichtlich dorthin geklebt hätte, dann frage man sich, was das denn solle, denn dann würden ja immer noch die restlichen Schlüssel fehlen. Und die braucht man zum Öffnen der anderen Türen und Kästen. Also du siehst, alles ist von mir schon vorher abgeklärt worden, und deshalb beginnen wir auch allmählich durchzublicken!«

»Schön wär's«, murmelte Horst, der gerne immer noch etwas länger den Pessimisten gespielt hätte, um hinterher ja nicht enttäuscht zu sein.

»Alter Miesmacher«, entgegnete der allzeit eher optimistisch veranlagte Weinmüller. »Mein Gott, Horst, es ist doch immer dasselbe mit dir! Das war doch schließlich deine Theorie, die ich dir grade mit diesen Ergebnissen bestätigt habe! Du hast damit bisher immerhin ziemlich genau ins Schwarze getroffen! Warum denn jetzt auf einmal wieder in Pessimismus ausbrechen?«

»Jeder so, wie er kann – man soll den Tag halt nicht vor dem Abend loben. Guck mal, bei mir im Weinberg beispielsweise! Da kann ein ganz hervorragender Wein heranwachsen und alle Welt freut sich schon und schwätzt vom Jahrhundertjahrgang oder so – und dann, dann fährt noch der Hagel rein, oder kurz vor der Lese macht dir ein Pilz wie die Boytritis in zwei, drei Tagen fast alles kaputt! Ja und dann, dann guckst du blöde aus der Wäsche, das kannst du mir glauben! Und deshalb sage ich dir: Ich hab schon Pferde kotzen sehen!«

»Das mit dem blöde aus der Wäsche gucken, das habe ich tatsächlich bei dir schon mal beobachtet, das stimmt!«, konnte Weinmüller mal wieder seine Albernheiten nicht lassen und grinste Horst frech ins Gesicht.

»Jetzt hör schon endlich auf – komm, jetzt im Ernst: Lass uns die Geschichte noch einmal durchgehen, und zwar von Anfang an!«

Der Kollege rollte verzweifelt die Augen, pflichtete Horst aber bei. »O.k.!«, zeigte sich Weinmüller endlich wieder von seiner vernünftigen Seite. Er setzte sich kerzengerade auf und begann mit seiner Zusammenfassung. »Also dann, rekapitulieren wir, was passiert ist? Da wird auf der Fahrt von Herrenberg nach Stuttgart eine Schwarzfahrerin vom Schaffner erwischt, das heißt, fast erwischt. In letzter Sekunde schafft sie es noch auf die Zugtoilette und schließt sich darin ein. War es so? Du bist ja schließlich der beste Zeuge, Horst! Das war doch so? Da ist doch wohl rein nichts inszeniert worden, oder?«

»In hundert Jahren nicht, also dafür lege ich meine Hand ins Feuer! So, wie das Mädchen war und wie ich auch die Verhältnisse gesehen hab, in denen sie aufgewachsen ist … Also da glaube ich nie und nimmer daran, dass dabei etwa Absicht dahinterstecken könnte! Nein!« Horst schüttelte energisch den Kopf. »Das war auf gar keinen Fall geschauspielert!«

»Gut – also weiter. Wie gesagt, sie schließt sich ein und kommt bis Stuttgart nimmer raus. Gleichzeitig kommt kein anderer rein, das steht fest und das kannst du ja ebenfalls bezeugen!«

»Richtig. Also da hätte ich auf jeden Fall etwas gemerkt. Ich habe mir ja fast die Beine in den Bauch gestanden, gestern Morgen. Und im übrigen war ich dabei maximal zwei Meter von der Klotür entfernt – das merkt man schon am Duft!«

»So, dann verlässt du den Zug in Stuttgart, im Endbahnhof. Inzwischen hat der eine Schaffner den anderen bereits beim Wachestehen abgelöst. Nun holt der Dicke die Bahnpolizei, doch die braucht fast zehn Minuten, bis sie den Lava verabschiedet hat und im richtigen Wagen ist. Dann wird das Mädchen mehr als einmal aufgefordert, die Tür zu öffnen, aber es tut sich nichts. Das war doch eigentlich schwachsinnig von der, die hat doch schon während der Fahrt eigentlich genau wissen müssen, dass sie die anderen mit ihrem Verhalten nur noch provoziert und dass sie in Wirklichkeit nicht den Hauch einer Chance mehr hat.«

Horst zog dic Stirn in Falten und machte eine abwehrende Handbewegung: »Na also, ich weiß nicht. Du kennst sie ja nicht ... Wie gesagt, ich glaube nicht, dass sie die Allerhellste war, und ich kann auch nicht glauben, dass sie die Rolle der Schwachsinnigen nur gespielt hat! Nein, glaub es mir: Die hat wirklich nicht alle Tassen im Schrank gehabt, das war so!«

»De mortuis nihil nisi bene!« Oh Gott, Weinmüller musste wieder mal – wie immer völlig zur Unzeit – den Lateiner herauskehren. Kleines Latinum – na und, wer hatte denn heutzutage eigentlich wirklich noch etwas von dem alten Käse, außer vielleicht ein paar verstaubte Geschichtswissenschaftler und einige arme Schweine, die das Latein für ihre Promotion unbedingt brauchten!

Und so knurrte Horst nur säuerlich zurück: »Du mich auch . Und jetzt bleib halt mal gefälligst in drei Teufels Namen bei der Sache und lass den Latein-Quatsch. Komm, auf – weiter geht's!«

»Na gut«, die Diva gegenüber schien nun ihrerseits leicht angefressen. »Also – der Bahnpolizei wird es schließlich zu dumm. Deshalb nimmt der eine den Vierkantschlüssel und dreht ihn im Schloss herum, die Tür müsste nun eigentlich aufgehen, aber da scheint irgendwas dagegen zu drücken. Nochmalige Aufforderung, den Blödsinn endlich bleiben zu lassen und die Tür freizugeben, aber nichts regt sich. Hinter der Tür ist es mucksmäuschenstill. Da platzt dem zweiten Bahnpolizisten schließlich der Kragen, wofür man ja weiß Gott Verständnis haben kann. Also wirft er sich mit aller Gewalt gegen die Tür, die nach innen aufgeht und ein paar Sekunden später liegt eine Tote vor ihm auf dem Klofußboden. Fahrlässige Körperverletzung mit Todesfolge, ein echt saudummer Unfall denkt jeder – und in Wirklichkeit ...«

Weinmüller hielt inne und machte eine nachdenkliche Pause, und so übernahm es Horst, das gestern noch nicht für möglich gehaltene Faktum auszusprechen: »... und in Wirklichkeit war es Mord, eiskalt geplanter, clever ausgeführter Mord, und wir wären um Haaresbreite beinahe alle darauf hereingefallen. Und keinem von uns ist aufgefallen, dass da kein Schrei mehr zu hören war, kein Stöhnen, nachdem sie angeblich gegen die Wand geprallt ist, als der Mann von der Bahnpolizei die Tür aufgestoßen hat! Du meine Güte, was waren wir für Idioten und wären es wahrscheinlich auch geblieben, wenn du nicht mit deinem unsäglichen Rauschgifttick den ersten Verdacht gehabt hättest, dass da irgendwo irgendetwas nicht ganz koscher sein könnte«, schmeichelte Horst, ganz gegen seine sonstigen Gepflogenheiten, der Eitelkeit des Kollegen. Und siehe da: Es zahlte sich aus!

Weinmüller fuhr nun seinerseits fort in der Rekonstruktion des mutmaßlichen Geschehens: »Also weiter. Du schwörst jeden Meineid, dass das Mädchen bei der Einfahrt des Zuges in den Hauptbahnhof noch gelebt haben muss! Na gut, bei so vielen Zeugen wär es ja wohl auch ein Ding der Unmöglichkeit gewesen, vorher in die Toilette einzudringen, ohne dass es jemand bemerkt hätte. So, und deshalb gibt es eben nur die eine einzige Möglichkeit ...«

»Genau so ist es«, ergänzte Horst und nickte ernst. »Es kann nach menschlichem Ermessen also nur einer gewesen sein, der sie abgemurkst hat, nämlich unser lieber Holder, der ja gestern bei seiner Vernehmung auch so furchtbar aufgeregt und aggressiv geworden ist. Und dann wollte der sich von uns ja auch nichts unterschieben lassen, was wir ja auch nie und nimmer vorgehabt haben – also hätten wir schon bei der Vernehmung eigentlich misstrauisch werden sollen, was der ganze Quatsch eigentlich soll!«

»Na ja, es hätte ja bei dem schon auch die Aufregung wegen der ganzen Vorfälle sein können. Aber wie auch immer, du hast Recht, auf jeden Fall: Jetzt ist das Bürschle weg, einfach abgetaucht, spurlos verschwunden, das Aas!«, Weinmüller schien regelrecht sauer, dass der Schaffner Holder nicht gleich parat gewesen war, als Horst versucht hatte, ihm in dessen Wohnung beim Immobilienmakler noch ein paar Fragen zu stellen.

»Das muss noch gar nichts heißen! Jetzt mach erst mal halblang. Wenn der Kerl ein paar Stunden nicht da war, muss er deshalb doch nicht gleich abgetaucht sein, vielleicht war er ja auch bloß was einkaufen oder sonst etwas!«

»Eben – oder sonst etwas!« Weinmüller spuckte ihm den Begriff förmlich vor die Füße. »Sonst etwas! Vielleicht ein bisschen Kokain verscherbeln oder so, gell!«

»Also, wie auch immer, wir müssen den Burschen finden, und zwar so schnell wie möglich, das ist schon mal sonnenklar. Und wenn wir dann seine Fingerabdrücke haben und die mit denen auf dem Tesastreifen vergleichen können, weißt du was: Dann fresse ich einen Besen, wenn das nicht ein und dieselben sind!«

»Na, dann kannst du gleich zwei Besen besorgen, ich würde nämlich glatt den anderen vertilgen, obwohl ich mir eigentlich sicher bin, dass der Schlüssel unter dem Papierspender gar nicht für den Holder gedacht war. Der hat den sicher bloß deshalb weggemacht, dass keiner auf irgendeine dumme Idee kommt. In Wirklichkeit aber war der Vierkant sicherlich für jemand anderen bestimmt. Eins steht fest: Der Bursche ist ganz schön fix gewesen. Innerhalb von zehn Minuten hat er die Tür aufgemacht mit seinem eigenen Vierkantschlüssel, die Schwarzfahrerin gegen die Wand geworfen – ich denke, von Anfang an absichtlich brutal –, bis sie sich das Genick gebrochen und zusätzlich noch die Schädelfraktur erlitten hat. Und das hat er ganz fachmännisch hinbekommen, nach allen Regeln der Kunst, sozusagen. Ja, und danach hat er den Schlüssel von dem Klebestreifen entfernt, den Papierspender aufgeschlossen, der übrigens mit demselben Vierkant zu öffnen geht, wie mit dem Schlüssel für die Tür. Auch das ist also wieder solch ein Indiz dafür, dass der Schlüssel unter dem Papierspender nicht für den Schaffner bestimmt war! Wo war ich jetzt stehengeblieben?« Weinmüller hatte sich vor lauter Theorie und Wahrscheinlichkeitsrechnung im Dschungel des möglichen Tathergangs total verfranst und glotzte in diesem Moment ziemlich dämlich und verwirrt aus der Wäsche.

»Beim offenen Papierspender waren wir«, half ihm Horst wieder auf die Sprünge.

»Richtig, ja!« Schon wieder huschte ein helles Strahlen über die Miene des Kollegen, der die Fährte von neuem aufgenommen hatte. »Also den Papierspender hat er geöffnet, das Kokain herausgenommen und dann irgendwo versteckt.« Er tippte sich mit dem Zeigefinger an die Nase und überlegte kurz. »Ich denke in seinem Dienstkoffer. Danach hat er die Tote so gegen die Wand gelehnt, dass sie automatisch gegen die Klotür gefallen ist, als er wieder abgeschlossen hat, und die Sache war paletti. Das alles in grade mal zehn Minuten – also wirklich, da kann ich wirklich nur staunen, bei aller Gemeinheit, die da natürlich mitschwingt: Ein raffiniertes Bürschle, dieser Holder, das muss man neidlos anerkennen!« Weinmüller bestand einen Moment lang ganz und gar aus Bewunderung, wie jedes Mal, wenn er ein besonders raffiniertes Verbrechen rekapitulierte.

»Ja, und das arme Schwein von der Bahnpolizei! Der hat gedacht, er wär es gewesen, der sie umgebracht hat, so etwas Infames!« Horst spürte im Gegensatz zu dem Nesenbach-Sherlock-Holmes auf der anderen Seite des Schreibtisches Empörung angesichts der Gemeinheiten, die sich in diesem Fall abgespielt hatten.

»Und wir hätten das wohl auch für alle Ewigkeit geglaubt, wenn er nicht in seiner Eile offenbar das Päckchen irgendwie leicht beschädigt hätte, so dass ein paar Milligramm Koks auf den Boden und auf die Tote gerieselt sind, ehe er alles in seinem Koffer verstauen konnte. Also den Koffer, den würde ich übrigens auch mal gerne unter die Lupe nehmen lassen. Da haben die Freunde von der Spurensicherung gewiss ihre helle Freude, wenn sie den auf Rauschgiftpartikel untersuchen und dann, dann wäre er zum zweiten Mal überführt. Tja, das ist ja gerade noch mal gut gegangen. Denn sonst hätte der arme Bursche von der Bahnpolizei jetzt auf jeden Fall ein Verfahren wegen fahrlässiger Körperverletzung mit Todesfolge am Hals! Unglaublich! Und damit wäre er mit an Sicherheit grenzender Wahrscheinlichkeit seinen Job los geworden! Ein fast perfektes Verbrechen hätte nie und nimmer aufgeklärt werden können!«

»Was halt wieder einmal unseren guten alten Sherlock Holmes bestätigt: Es gibt eben doch keine perfekten Verbrechen ...«

»Höchstens doofe Polizisten!«, fiel Weinmüller mit vor Stolz geschwellter Brust ein. »Also wäre das alles hier geklärt und trotzdem – eines ist mir immer noch nicht ganz klar und da hast nicht mal du mit deiner schönen Theorie mir bisher eine Erklärung dafür geliefert: Wieso hat der eigentlich das Mädchen unbedingt umbringen müssen, wieso hat der Holder denn nicht einfach gewartet, bis die Bahnpolizei die Schwarzfahrerin mitgenommen hat? Das begreife ich nicht, denn danach hätte er doch in aller Seelenruhe den Koks aus dem Papierspender nehmen und ganz unbehelligt damit verduften können?«

Horst zuckte ratlos die Schultern: »Tja, da hast du nicht ganz Unrecht! Da scheint der Hund in der Tat begraben zu sein. Und ich fürchte, auch wenn wir uns den Burschen schnappen, was ja nur eine Frage der Zeit sein dürfte, wird er uns das nie und nimmer verklickern. Der weiß doch ganz genau, wenn er nur den kleinsten

Mucks in dieser Angelegenheit macht und uns irgendetwas Näheres erzählt, dann ist er ein toter Mann, ob er nun im Knast hockt oder nicht ... So ist das halt bei den Damen und Herren von der Rauschgiftmafia, gell!«

Weinmüller wiegte bedächtig und überdies recht skeptisch den Kopf: »Du glaubst also tatsächlich an eine internationale Bande, bei der er irgendwie mit drinsteckt! Na ja, ich weiß nicht! Also die Kollegen drüben vom Rauschgiftdezernat, die haben sich das nicht so recht vorstellen können, dass da ein großer Deal gemanagt wird. Im Augenblick sowieso nicht und dann auch noch ausgerechnet von der Schweiz nach Stuttgart – obwohl, ganz ausschließen wollten sie es andererseits auch nicht!«

»Eben – jetzt überleg doch mal: In diese Geschichte ist ein Schaffner verwickelt, wie stark auch immer, das werden wir ja schon noch auf jeden Fall herausbekommen. Ein Schaffner, der fast täglich im Zug von Konstanz nach Stuttgart fährt, der also überhaupt keine Schwierigkeiten hat, im Konstanzer Bahnhof mal kurz und eventuell versehentlich auf die Schweizer Seite des Bahnhofs zu geraten, also auf den Kreuzlinger Bahnhof. Die Schweizer Grenzer sind zwar scharfe Hunde, aber so ein amtlicher deutscher Bundesbahnbeamter in Uniform ist doch für die praktisch über jeden Verdacht erhaben. Man kennt sich und man denkt sich gar nichts Schlimmes dabei!«

Weinmüller blieb stumm, nickte aber nachdenklich.

»Na, siehst du!«, resümierte Horst fürs erste zufrieden und fuhr dann in seiner Analyse des Geschehens fort: »Nicht nur, dass unser Schaffner auf den Gleisen des Grenzbahnhofs herumspazieren kann, und zwar zufällig im Schweizer Teil ... Nein, er kann sich auch mit jemandem treffen, das sieht dann halt wie eine mehr oder weniger zufällige Begegnung aus. Das ist ja überhaupt nichts Besonderes! Und was ist da wiederum am unverdächtigsten von allem?«

Weinmüller glotzte ratlos vor sich hin, der Kollege stand offensichtlich grade wieder mal granatenmäßig auf dem Schlauch. Seufzend verdrehte Horst die Augen und fuhr fort in seinen Schlussfolgerungen: »Natürlich ein anderer Bahnbeamter! Ein ordentlicher, korrekt uniformierter Schweizer Bahnbeamter, ein Kollege also! Und was macht es da schon, wenn der Herr Kollege ihm ein kleines Päckchen übergibt, beispielsweise etwas, das aussieht wie eine Art Vespertüte. Womöglich ist oben sogar ein Original Schweizer Croissant drin oder eine süßes Teilchen, in das der deutsche Schaffner dann auch noch herzhaft hineinbeißt! Na bitte, es handelt sich um über jeden Verdacht erhabene Völkerverständigung sozusagen! Also, wenn da jemals bei den Schweizer Grenzern ein Misstrauen aufgekeimt wäre: spätestens dann, wenn sie unseren Schaffner genüsslich kauen sehen, dann sind sie zufrieden und kaufen den beiden die Geschichte vom Frühstückspaket ab, das der Schweizer Kollege da netterweise seinem deutschen Freund mitgebracht hat! Wo doch die Schweizer Croissants schließlich auch zehnmal besser schmecken als die deutschen! Wer weiß, da schwingt dann womöglich sogar noch der Schweizer Nationalstolz mit und kein Mensch sagt etwas, wenn der Deutsche den Rest vom Päckchen in seine Tasche stopft. Danach spaziert er wieder in aller Seelenruhe auf die Konstanzer, also die deutsche Seite und steigt dort in den noch leeren Zug ein. In aller Seelenruhe bringt er mit seinem Vierkantschlüssel, den schließlich ja jeder Schaffner bei sich trägt, das Zeug anschließend wie vorgesehen im Papierspender unter. Den Spender macht er genau so weit leer, dass das Päckchen mit dem Koks hineinpasst. Das ist überhaupt kein Hexenwerk. Tja, und so wird das Kokain dann im selben Zug nach Stuttgart gekarrt wie unser hochverehrter Herr Ministerpräsident.«

»Hihi – ausgerechnet der im Rauschgiftzug!« Weinmüller schien sich fast kringeln zu wollen vor Lachen. »Mein Gott, wenn das die Zeitungsfritzen spitzkriegen! Ich sehe schon die Schlagzeile vor mir ›Landesvater im Rauschgiftzug‹ – so oft könnte nicht mal der in die Kirche springen, wie er das dann beichten müsste – herrlich!«

»Gut – aber weniger herrlich ist es, dass wir eben immer noch nicht richtig wissen, wieso denn der Holder die Schwarzfahrerin abgemurkst hat. Klar ist doch eigentlich nur, dass er es gewesen ist, und klar ist uns doch wohl auch«, Horst warf bei dieser Formulierung einen seiner prüfend-besorgten Blicke auf den Kollegen gegenüber, »klar ist dann eigentlich wohl auch, dass eine internationale Connection am Werk war, zumindest dann, wenn diese Theorie bis dahin irgendeinen tieferen Sinn machen soll.«

Weinmüller zögerte einen Augenblick und nickte dann jedoch nachdenklich: »Na gut, ich gebe mich geschlagen, du scheinst ja sogar ins Schwarze getroffen zu haben! Auf jeden Fall fällt mir auch keine bessere Erklärung ein als diese, einverstanden. Aber jetzt müssen wir zuallererst diesen verdammten Holder finden, das wird langsam tatsächlich immer wichtiger. Jetzt kommt es halt doch darauf an, ob der uns was sagt und was er sagt oder was er nicht sagt. Und wir müssen unbedingt den armen Kerl von der Bahnhofspolizei informieren. Ohne vorzupreschen sollten wir ihm wenigstens so weit Bescheid geben, dass wir herausgefunden hätten, dass er mit der ganzen Sache nichts zu tun hat und dass es auch kein wie auch immer geartetes Verfahren gegen ihn gibt! Sonst kauft der sich womöglich vor lauter Kummer noch einen Strick und hängt sich auf. Am besten wär es darüber hinaus, seine Chefs schicken ihn erst zum Polizeipsychologen und danach mal zwei Wochen in Urlaub. Ich denke, bis dahin müssten wir dann eigentlich fertig sein mit der Geschichte.«

Im selben Moment klopfte es an der Tür, und ohne die Rückmeldung abzuwarten, was in Horst schon jedes Mal aufs neue die Galle hochsteigen ließ (»typisch Großstadtmanieren«), schlurfte frohgemut ein Kollege von der Spurensicherung in das Büro der Mordkommission herein.

»Tag auch, ihr zwei Trantüten. Ich habe da, glaube ich, etwas Wunderschönes für euch! Freund Weinmüller, du hast mir da vorhin doch etwas über eure Bahnhofsmord-Theorie erzählt ...«

Weinmüller erntete bei diesen Worten einen überaus missbilligenden Blick seines Gegenübers am Schreibtisch. Horst war wirklich sauer. Wieso hatte der andere denn wieder einmal das lose Mundwerk nicht halten können, wie schon so oft? Jedes Mal dasselbe: Bevor sie beide die ganze Geschichte erst noch einmal in Ruhe untereinander durchgegangen waren, hatte Weinmüller schon längst wieder im halben Haus seine Siegesparolen verstreut!

Doch der Spurensicherer schien von der schlagartig aufgetretenen Missstimmung ganz offenbar nicht das Geringste mitzubekommen. Munter fuhr er fort in seiner unsäglichen Auflistung: »Also, das klingt ja alles ganz wunderbar, Weinmüller, was ihr zwei beide euch da so alles zusammengedichtet habt! Nur hat die ganze Sache einen klitzekleinen Haken, um nicht zu sagen, einen Schönheitsfehler«, der nassforsche Maulwurf von der Spurensicherung machte es wieder mal absichtlich ganz besonders spannend und genoss den ratlos-fragenden Gesichtsausdruck seiner beiden Kollegen von der Mordkommission ganz offensichtlich und schamlos in vollen Zügen.

»Also komm, jetzt rede schon«, forderte ihn Horst schließlich mit allen Anzeichen von ungeduldiger Gereiztheit auf, »was soll denn da um Himmels willen nicht stimmen?«

»Tja, wie gesagt: nur eine klitzekleine Kleinigkeit, aber dafür halt eine ganz entscheidende. Als mir nämlich der Weinmüller vorher gesagt hat, dass der eine Schaffner, der Wache geschoben hat, offensichtlich der war, der das Opfer abgemurkst hat, und dass er wohl auch den Schlüssel unterm Papierspender von dem Tesafilm weggemacht hat, so dass auf dem Tesa also seine Fingerabdrücke drauf sein müssten – falls er sie nicht abgewischt hat – und das hat er nicht, sonst hätten wir ja keine Abdrücke vom Tesa nehmen können ...«

Der vermaledeite Maulwurf war schon wieder dabei, eine bedeutungsvolle Kunstpause einzulegen, weshalb Horst eine unwirsche Handbewegung vollführte und drängelte: »Jetzt spuck's halt schon endlich aus! Auf jetzt, weiter geht's!«

Der andere beschwichtigte, schien aber (endlich) zu kapieren. »Schon gut, schon gut! Also – in unserer Kartei zumindest haben wir die Fingerabdrücke vom Tesastreifen mit denen verglichen, die hier registriert sind, und dabei haben wir nichts gefunden. Im Klartext: Keiner von unseren alten Bekannten hat da die Finger im Spiel gehabt. Tja, und nachdem ihr den Schaffner noch immer nicht für Kontrollabdrücke bekommen habt, da habe ich halt noch einmal verglichen.«

Schon wieder eine Kunstpause, es war zum Verrücktwerden! »Wie? Noch einmal verglichen? Was denn verglichen, mein Gott, jetzt fang gefälligst an zu reden, bevor ich dich am Kragen packe und aus dem Fenster werfe!« Auch Weinmüller war nun unüberhörbar im Begriff, endgültig die Geduld zu verlieren.

»Na, die Fingerabdrücke vom Tesastreifen habe ich verglichen, und zwar mit den Fingerabdrücken der Toten!«

»Mein Gott, wie originell! Was soll das denn werden?!« Doch trotz seines empörten Zwischenrufs begann Horst im selben Moment bereits, Schlimmes zu ahnen.

»Ha, jetzt begreif doch, so begriffsstutzig kann doch nicht mal einer von der Mordkommission sein! Weißt du denn wirklich nicht, worauf ich hinaus will? Also gut, dann eben für alle zum Mitschreiben: Auf dem Tesastreifen sind zwar Fingerabdrücke drauf, aber nur von einer einzigen Person – von der Toten nämlich!« Der Schnüffler machte eine kurze, bedeutungsschwangere Pause und warf den beiden einen triumphierenden Blick hinüber. »Fingerabdrücke von der Toten! Sonst gibt es da nämlich keine, und zwar hundertprozentig keine, das ist sicher, da brauchst du gar nicht erst nachzufragen«, erstickte er die tatsächlich bereits in Horst aufsteigende Frage nach der hundertprozentigen Sicherheit dieser Aussage schon im Keim.

»Wisst ihr, ich habe mir halt gedacht, so blöd ist doch keiner, jemanden umzubringen und dann ohne Handschuhe und ohne alles nachher fein säuberlich wieder abzuwischen, einen Schlüssel ausgerechnet von einem Streifen Tesa herunter zu ziehen. Danach soll der große Unbekannte dann auch noch Rauschgift von einem

Versteck als Notkurier zu seinem Adressaten bringen, lässt aber ausgerechnet den Klebestreifen mit seiner Visitenkarte für die lieben Freunde von der Spurensicherung daran hängen«, setzte das Stinktier von der anderen Abteilung noch eins drauf. »Das tut doch keiner – das hättet ihr Supernasen euch doch eigentlich denken können, oder!«

»Mach bloß, dass du abhaust, und rutsch mir den Buckel runter!«, brummte Horst mit einem verzweifelten Seitenblick auf seinen ratlos am Schreibtisch vor sich hin stierenden Kollegen dem Spurensicherer zu, der denn auch tatsächlich mit einem unverschämt triumphierenden Lächeln von dannen stolzierte. Es gab, weiß der Kuckuck, angenehmere Gefühle als jenes, wenn einem mit einem Ruck der Teppich unter dem gerade vorher noch so bombensicheren Boden weggezogen wurde! Damit war wieder einmal so gut wie alles völlig unklar, zumindest bis auf den Täter, denn das konnte doch wohl in drei Teufels Namen nicht etwa auch ein anderer gewesen sein. Na gut – oder auch nicht gut: Dann eben noch mal das Ganze von vorn!

»Komm, Horst, machen wir Schluss, das langt mir für heute! Ich sage noch denen von der Streife Bescheid, dass sie die Wohnung vom Holder so unauffällig wie möglich im Auge behalten sollen und ihn dann schnappen, falls er auftaucht. Aber ich glaube, mehr ist heute nimmer drin, irgendwie kommen wir heute nimmer dorthin, wohin wir eigentlich wollten!« Weinmüller sprach's und packte resigniert seine Siebensachen zusammen. Wie jeden Abend schloss er seine gesammelten Unterlagen sorgfältig in der Schreibtischschublade ein, als wenn es bei der Polizei jetzt auch schon Diebe gäbe ... Aber Vorsicht war nun mal das Maß aller Dinge für den lieben Weinmüller und seine Porzellankiste.

»Na ja, meinetwegen«, murmelte Horst frustriert nickend, »morgen ist ein neuer Tag, dann schlagen wir aber unbarmherzig zu – neuer Tag, neues Glück!« Doch eigentlich glaubte er momentan selber nicht an das, was er da gerade eben an Durchhalteparole ausgegeben hatte. Und dabei lag des Rätsels Lösung doch so nah ...

Unglaublich nah ...

Kapitel XV

»Sag mal, du machst ja wieder ein Gesicht, wie fünf Tage Regenwetter, was ist dir denn für eine Laus über die Leber gelaufen«, begrüßte Claudia ihren Horst eine gute Stunde später und musterte ihren ziemlich zerknittert wirkenden Göttergatten kopfschüttelnd. »Ist dir der Job wieder einmal zu nahe gegangen? Mensch Horst, ich sage es dir doch immer und immer wieder: Trenne um Gottes willen stärker zwischen Job und Privatleben, sonst haut es dich eines Tages doch noch um! Acht Stunden oder mehr täglich im Büro und gute zwei Stunden Fahrt, das langt doch wirklich! Schließlich arbeitet man, um zu leben, und nicht umgekehrt! Mach du nur so weiter, dann kannst du darauf warten, bis dein Magengeschwür da ist! Oder wäre dir ein schöner kleiner Herzinfarkt lieber?«

»Ja, ja, du hast ja Recht. Ich weiß ja, dass du Recht hast«, nickte Horst, immer noch mit leichter Wirrnis im Kopf nach dem niederschmetternden Auftritt des Heinis von der Spurensicherung. »Aber die Theorie ist halt die eine Seite und die Praxis ist die andere.«

»Donnerwetter, das war wenigstens einmal einigermaßen vornehm ausgedrückt«, konstatierte Horsts bessere Hälfte anerkennend. »Hier im Dorf sagen sie es direkter: Dumm rausgeschwätzt isch schnell, so heißt das hier, aber so wie du es gesagt hast, klingt es schon ein bisschen stilvoller.«

»Wo ist eigentlich der Fabian, es ist ja so still hier?«, erkundigte sich Horst, um vom bisherigen Thema schnell abzulenken, nach dem Verbleib ihres gemeinsamen Sprösslings.

»Oh, Horst – das habe ich dir doch heute Morgen schon verklickert, dass ich den Fabian für zwei Tage auf die Alb hinaufbringe, zu deiner Mutter, da hast du anscheinend wieder mal nicht zugehört! Ich muss doch morgen den ganzen Tag arbeiten. Na ja, auf jeden Fall soll ich dir schöne Grüße von deiner Mutter sagen und du könntest ihn doch übermorgen Abend wieder abholen, dann würde sie dich auch endlich mal wieder zu Gesicht bekommen.«

»Ja, und mich stundenlang löchern, wie's denn mit unseren Finanzen aussieht, ob du mit deinem Nebenjob in der Uniklinik auch wirklich genug dazu verdienst, dass wir uns das Haus hier leisten können, ob wir denn nicht vielleicht doch auf deinen Zweitwagen verzichten wollten, sie hätte damals ja schließlich auch keinen gehabt, aber dafür hätten sie ihre Kredite ruck, zuck abbezahlt, ob mit uns denn alles in Ordnung ist, wieso der Fabian nachts immer noch eine Windel braucht, sie hätte mich nämlich früher viel schneller sauber gehabt, von unserer Familienseite könne das also nicht herkommen ... und so weiter und so fort. Also, das hätte mir gerade noch gefehlt zu meinem Glück in dieser Woche, nein, danke!«

»Ach, jetzt lass sie doch, sie meint es doch nur gut. Auf jeden Fall bin ich ganz schön froh, dass sie mir immer den Walfisch abnimmt ...«

»Claudia, bitte!« Es war für Horst bekanntermaßen wie ein rotes Tuch, wenn Claudia den Junior mit dem Kosewort ›Walfisch‹ schmückte, nur weil ihr Fabian mit seinem zweiten Vornamen Jonas hieß. Nein, das durfte man gar nicht erst aufkommen lassen, sonst hatte der seinen Spitznamen fürs Leben weg. Horst »Hotte« Meyer wusste ja aus eigener schmerzhafter Erfahrung nur zu gut, was das für einen bedeuten konnte.

Claudia breitete entschuldigend die Arme aus. »Schon gut! Ich wollte sagen, dass sie mir den Fabian abnimmt, wenn ich in die Uni-Bibliothek gehe. Wie sollte ich denn auch sonst schließlich jobben und noch das nötige Kleingeld beibringen?«

»O.k., O.k., du hast ja Recht, ich bin ja schon friedlich und fahre übermorgen auch hoch, um den braven Sohn zu spielen. Aber komm jetzt. Claudia, lass uns heute Abend essen gehen, ich hab nämlich den Kanal voll bis oben hin. Und wenn der Kleine nicht da ist, dann ist das grade recht, die Chance müssen wir nutzen. Endlich mal wieder nur wir zwei: Entspannen und an nichts mehr denken müssen!«

»Anstatt das Geld zu sparen und dafür wieder etwas vom Haus abzuzahlen – lass das bloß nicht deine Mutter wissen«, warnte Claudia mit neckischem Grinsen, obwohl ihr der Vorschlag ihres Mannes in Wirklichkeit ganz gelegen kam. Denn jenseits von Job, Kind und Hauskredit musste es ja auch wenigstens noch einmal im Monat möglich sein, etwas in der Freizeit zu unternehmen, was man sich die ganze Zeit über nicht gönnen konnte. Sie wäre ja damals auch ohne eigenes Haus zufrieden gewesen, aber ihr schwäbischer Ehemann und die beiden urschwäbischen Schwiegereltern Marke ›Schaffe, schaffe Häusle bauen‹ hatten sie mit hieb- und stichfesten Argumenten so lange weichgeklopft, bis sie auf Linie getrimmt war: Ein Häusle bauen oder wenigstens eins kaufen, das sei doch jetzt, in jungen Jahren, zehnmal besser, als jahrzehntelang einem Vermieter das Geld in den Rachen zu werfen und dann womöglich noch irgendwann im höheren Alter wegen Eigenbedarf an die frische Luft gesetzt zu werden. Also hatte sie eingelenkt und zusammen mit ihrem Horst ein Haus samt Garten erworben, ein Unternehmen, das schon einen ganz schön happigen finanziellen Balanceakt dargestellt hatte und das einem eine ziemlich sparsame Haushaltsführung auferlegte. Auf der anderen Seite aber, das musste sie zugeben, war man sein eigener ›Herr‹ und musste keinen übellaunigen schwäbischen Vermieter um Erlaubnis fragen, wenn man ein Loch in die Wand bohren oder beispielsweise das Balkongeländer in einer anderen Farbe als der üblichen neutral-braunen streichen wollte.

Kapitel XVI

Dreißig Minuten später stellte sich die Entspannung des Ehepaars Meyer vom Alltag dergestalt dar, dass man beim Griechen um die Ecke gemütlich auf der Terrasse saß, Horst eine Halbe Bier griffbereit, Claudia ein Viertel Rhodos vor sich, und dass man zwischen Orteff (schon wieder teurer als beim letzten Mal!) und Suwlaki über den merkwürdigen Mordfall diskutierte, mit dem sich Horst und Felix Weinmüller gegenwärtig herumzuschlagen hatten. In allen Einzelheiten sprach sich Horst den Fall von der Seele und Claudia hörte gespannt und aufmerksam zu. Die ganze vertrackte Geschichte: Der Fall, der schon fast gelöst schien, bis der Mensch von der Spurensicherung ins Büro hereingelatscht gekommen war und das ganze Kartenhaus der beiden Kriminalisten urplötzlich in sich hatte zusammenstürzen lassen. Und was er sich in Wirklichkeit nie und nimmer eingestanden hätte, schwang bei seiner Schilderung in Horsts Unterbewusstsein latent mit: Nämlich die Möglichkeit, dass ihm vielleicht Claudia, die völlig unvorbelastet in den Stand der Geschichte eingeweiht wurde, eventuell irgendwie weiterhelfen konnte oder zumindest den einen oder anderen hilfreichen Gedanken beisteuerte. Es wäre schließlich nicht das erste Mal gewesen, dass er eine ihrer ins Gespräch eingestreuten Überlegungen weiterverfolgt hatte, natürlich meistens, ohne sich irgendetwas davon Claudia gegenüber anmerken zu lassen.

»... Und weißt du, was das Allerschönste dabei war«, fuhr er in seiner Schilderung fort, gerade als der Hauptgang aufgetragen wurde (du meine Güte, die Teller wurden anscheinend auch immer größer oder die Portionen darauf vielleicht im Gegenzug auch immer weniger!): »Gerade wollte ich aus dem Haus gehen, da läuft mir doch tatsächlich noch der Alte über den Weg und meint so ganz süffisant nebenbei: ›So, so der Herr Meyer samt der Aktentasche unter dem Arm! Sagen Sie bloß, machen Sie etwa schon Feierabend am helllichten Nachmittag heute?‹ – Also, ich hätte den Kerl in der Luft zerreißen können, den blöden Hund! Bloß weil der außer Polizei und Boxen nichts mehr kennt, schon gar nicht sein Familienleben! Und deshalb sollen alle anderen auch von morgens bis in die Nacht hinein ständig hinter dem Schreibtisch hängen und sich den Arsch breit sitzen! Sonst noch was, als wenn man nicht schon sowieso in seiner Freizeit ständig die blöden Fälle noch im Kopf hat! Du merkst es ja! Und dann sagt der auch noch zu mir: ›Gell, Sie wollten mir doch sicher noch schöne Grüße vom Herrn Schneider ausrichten, oder haben Sie das in der Hektik heute vielleicht vergessen? Na, wie auch immer, macht nix, der Herr Schneider hat mich dann schon selber angerufen, nachdem Sie bei ihm gewesen sind! Aber nein, machen Sie sich keine Gedanken, er hat sich nicht über Sie beschweren wollen, nein, keineswegs, ganz im Gegenteil – gelobt hat er Sie sogar, für Ihr rücksichtsvolles und höfliches Benehmen. Er hat mir nur einfach die Tatsache schildern wollen, dass er jetzt doch wirklich zum allerersten Mal in seinem Leben dienstlich mit der Polizei zu tun gehabt hat, wenn auch nur indirekt über seinen Untermieter. Wissen Sie, den Herrn Schneider, den kenne ich schon seit einer Ewigkeit, ein wirklich netter Mensch ist das. Wir sind sogar, das kann man ruhig so sagen, direkt befreundet miteinander. So, Herr Meyer, also dann machen Sie es gut und halten Sie mich auf dem Laufenden!‹ Ja, und dann war er weg, die Kanaille. Kannst du dir so recht erklären, was das denn nun wieder sollte?«

Horst ahnte die Antwort, denn Claudia wiegte nachdenklich den Kopf. »Na ja, um ehrlich zu sein, das klingt doch so, als habe der Kerl, dieser Schneider, tatsächlich Dreck am Stecken! Merkwürdig! Kaum bist du bei ihm, um dich nach einem seiner Mieter zu erkundigen, schon ruft er beim Freund Polizeipräsidenten an und macht einen auf Kumpel und gute alte Zeiten. Und das, was dir dein Boss da hat sagen wollen, also ich weiß nicht! Ich glaube, das war nichts anderes, als eine verklausulierte Warnung. So etwa nach der Devise: Halte dich ja nicht am Schneider schadlos, du kleines Würstchen! Ich warne doch: Lass meinen Kumpel in Ruhe, sonst gibt's eins auf die Nuss! Begriffen?«

Horst, der lieber immer an das Gute in den Köpfen und Herzen seiner Zeitgenossen glaubte (oder dies zumindest glauben wollte), schüttelte energisch den Kopf, obwohl zugegebenermaßen bereits erste Zweifel in ihm nagten: »Aber das wäre ja, ... das gäbe doch gar keinen Sinn. Mit dem habe ich doch eigentlich überhaupt nichts zu schaffen, mit diesem Schneider! Wenn der nicht zufällig bei sich im Büro gewesen wäre, dann hätte ich mich sowieso nur mit dem Drachen von Sekretärin herumgeschlagen! Ich wäre doch nicht noch einmal extra gekommen und hätte den Schneider nach dem Holder ausgefragt! Das ergibt doch überhaupt keinen Sinn!«

Doch Claudia schien sich bei ihren Bedenken festgesetzt zu haben: »Na, wer weiß, schließlich sagst du doch, dass der Schneider die Nase bei irgendwelchen Grundstücksgeschäften hineingeklemmt hat, und zwar ordentlich! Da kann der doch momentan überhaupt keine Negativwerbung mehr brauchen! Überleg doch mal, wenn die bei der Zeitung spitzkriegen, dass die Polizei bei ihm aufgetaucht ist! Ja, ich weiß, ich weiß ...«, wehrte sie mit erhobenen Händen vorausschauend den Einwand Horsts ab, der sagen wollte, dass er doch wegen einer ganz anderen Geschichte bei Schneider gewesen war, als der Grundstücksspekulation. »Aber du weißt doch auch, wie es dann ist, das glaubt dem doch hinterher kein Mensch mehr. Polizei ist halt Polizei! Wenn erst mal in der Zeitung gestanden hat, die Polizei sei dagewesen, dann kann der einpacken, das kauft ihm doch keiner ab, dass du angeblich nur wegen eines Untermieters von ihm aufgekreuzt bist. Aber was soll's, komm, erzähl mir jetzt lieber noch einmal das mit den Fingerabdrücken und was ihr da so alles vermutet habt.«

Verbunden mit einem tiefen Seufzer begann Horst noch einmal von neuem, seine Theorie vor Claudia auszubreiten, gänzlich ohne Hoffnung, im Lauf des Abends noch den Gordischen Knoten, in den er sich seiner Meinung nach hoffnungslos verwickelt hatte, durchtrennen zu können.

Von wegen! Zwischen einer Gabel Krautsalat und Tsatsiki, gerade in dem Moment, als er von dem Vergleich der Fingerabdrücke auf dem Tesastreifen mit denen der toten Schwarzfahrerin berichtete, schlug Claudia, ganz entgegen ihrer eigentlich recht zurückhaltenden Art, mit der Faust auf den Tisch, dass die Teller wackelten und einige Gäste an den Nachbartischen neugierig-irritiert zu ihnen hinüberglotzten.

»Mensch du – ich glaube, ich hab es!«

»Was hast du?« Horst begriff überhaupt nichts. Er war – allerhöchstens – wieder mal die Skepsis in Person.

»Na, wie es in Wirklichkeit war und was ihr übersehen habt!«, sprudelte es nun förmlich aus Claudias Mund heraus.

»Übersehen!«, schnaubte der Kommissar unwirsch und lehnte sich mit verschränkten Armen in seinem Stuhl zurück. »Na, da bin ich jetzt aber gespannt, was meine Mini-Miss-Marple denn entdeckt haben will, worauf wir Hornochsen von Polizisten nicht gekommen sein sollen!« Horst gab sich zwar alle Mühe, völlig uninteressiert und skeptisch zu klingen, war in Wirklichkeit aber dennoch aufs Äußerste gespannt. Doch das konnte er natürlich so einfach eben nicht zugeben – zumindest äußerlich.

Aber Claudia ließ sich durch das Verhalten ihres Angetrauten nicht irritieren: »Na, Horst! Komm schon! Jetzt überleg doch einfach mal!«

»Ausnahmsweise, wenn es so einem Trottel wie mir auch schwerfällt«, brummte Horst, nun doch schon so etwas wie leichte Verstimmung in sich aufsteigen fühlend.

»Also, wenn nicht der Schaffner den Tesastreifen vom Papierspender abgerissen hat, sondern eure Tote, ja dann wird das mit dem Mord doch in Wirklichkeit alles viel, viel plausibler!«

»Versteh ich nicht – wie das denn? Jetzt erklär das halt einem so einfach gestrickten Zeitgenossen wie mir mal ganz langsam und sprich nicht in Rätseln.« Noch immer gab es für Horst keinen Grund, die an den Tag gelegte leichte Säuernis gegenüber seiner Frau bereits wieder abzubauen.

Auch Claudia offenbarte nun erste Anzeichen von Verstimmung und runzelte kritisch die Stirn. »Dann denk halt nach und häng jetzt nicht den beleidigten Macho heraus! Wieso sollte denn der Schaffner, der – und das vermute ich jetzt eben einfach mal – tatsächlich in Konstanz das Rauschgift, das er aus der Schweiz bekommen hat, in den Papierspender gesteckt hat, wieso sollte der die Kleine denn umbringen, wenn da nicht etwas ganz und gar Unvorhergesehenes passiert wäre?«

Als Antwort zuckte Horst nur kurz mit den Schultern.

»Eben!«, nickte Claudia. »Also, der hat in Konstanz zwar den Schlüssel mit dem Tesafilm angeklebt, aber natürlich hat er da Handschuhe angehabt, deshalb gab es von ihm auch keine Fingerabdrücke, und dabei hat er ja jede Menge Zeit gehabt, bevor der Zug schließlich in Richtung Stuttgart abgefahren ist. Klar? Ja? Gut!«

Noch bevor Horst seinem Ärger über die schulmeisterliche Art und Weise Luft verschaffen konnte, mit der ihn Claudia nun bedachte, fuhr seine Frau in ihrer Analyse bereits fort.

»Also weiter: Ganz offensichtlich sollte wohl ein anderer – eben der oder die, für die er den Schlüssel angeklebt hat – das Zeug im Stuttgarter Hauptbahnhof wieder aus dem Klo holen, und zwar dann, wenn alle Fahrgäste den Zug verlassen hätten. Zeit genug wäre dann ja vorhanden gewesen, der Zug, der steht ja da noch eine Weile im Bahnhof. Und dass der Schaffner selbst das Kokain herausholen wollte, ist unwahrscheinlich, denn er hat ja schließlich seinen Schlüssel, er braucht also für sich gar keinen extra unter den Papierspender zu kleben. Soweit, so gut – ja, und dann kommt ihm plötzlich diese schwachsinnige Schwarzfahrerin dazwischen, die sich ausgerechnet auf genau diesem Klo einschließt, in dem er den Stoff deponiert hat. Also kann ihm, nachdem sich dic ganze Geschichte schon mal dermaßen negativ entwickelt hat, doch eigentlich gar nichts Besseres passieren, als dass er persönlich vor der Klotür Wache stehen darf, bis endlich die Bahnpolizei kommt und das Mädchen rausholt. Um wirklich ganz sicher zu gehen, dass auch ja nichts anbrennt – er will ja das Rauschgift entweder selber losschlagen, was wie gesagt eher unwahrscheinlich ist, oder er muss dafür sorgen, dass die Packung voll und unversehrt bei seinen Auftraggebern abgeliefert wird – da schließt er die Tür auf, sobald die Luft rein ist und sieht nach, was Sache ist. Und was sieht er da?«

»Ja, was denn, du meine Güte, natürlich die Schwarzfahrerin – jetzt red halt schon weiter«, allmählich ging Horst Claudias langgezogenes Frage-und-Antwort-Spiel auf die Nerven. Andererseits wuchs in ihm die Spannung, denn irgendwie schien sie sich auf der richtigen Fährte zu bewegen.

»Genau – da sieht er die Schwarzfahrerin! Und zwar schon mit dem Beutel Kokain in der Hand. Genau deshalb reißt er ihr auch sofort die Packung aus den Fingern. Dabei platzt sie auf oder bekommt wenigstens einen kleinen Riss und ein paar Mikrogramm des Kokains werden auf dem Boden verstreut!«

»Nicht überzeugend!«, bilanzierte Horst nüchtern und blinzelte die augenscheinlich von ihrer Theorie ganz und gar eingenommene Claudia müde an. »Wie nämlich soll sie denn das Rauschgift entdeckt haben, wenn sie tatsächlich nur so ahnungslos dagehockt hat? Das ergibt doch keinen Sinn! Nein!« Er schüttelte entschieden den Kopf. »Ich glaube inzwischen eher, dass sie in Wirklichkeit halt doch ein ganz durchtriebenes Luder gewesen ist!«

»Also Horst, wie kann man sich denn bloß so stur verrennen – jetzt überleg' doch noch einmal: Da sitzt das Mädchen auf dem engen Klo im Zug, von hinter

Herrenberg schon bis Stuttgart. Wie viel Minuten Fahrzeit sind das denn?«

»Na ja, über eine halbe Stunde, gut 35 Minuten.« Horst wusste immer noch nicht, worauf Claudia eigentlich hinauswollte.

»Siehst du, über eine halbe Stunde auf dem Klo in einem Bundesbahnwaggon. Jetzt sag bloß noch, dass das besonders aufregend ist, das ist im wahrsten Sinn des Wortes stinklangweilig, auch wenn da draußen einer vor der Tür steht und immer wieder brüllt, sie solle jetzt endlich aufmachen. Ja, und da hockt sie und hockt und guckt sich ganz allmählich um in diesem Verschlag. Viel zu gucken gibt's da ja nicht gerade – und da hockt sie also wahrscheinlich auf der Kloschüssel und – jetzt überleg mal...«

Horst hätte platzen können, immer dieses »jetzt überleg mal«, als wenn er denn zu keiner eigenen Überlegung fähig wäre!

Doch Claudia fuhr unbekümmert vom Gemütszustand ihres Gatten fort: »Da sieht sie aus ihrer Perspektive – besonders groß ist sie ja auch nicht grade gewesen, wie du gesagt hast – den angeklebten Schlüssel unter dem Papierspender. Einen Schlüssel, den mit Sicherheit kein anderer Reisender je bemerkt hätte, weil die Leute ja normalerweise wieder froh sind, wenn sie aus diesem engen muffligen Raum so schnell wie möglich wieder herauskommen. Also, da sieht sie den Schlüssel kleben, ihr ist sowieso langweilig und deshalb fingert sie in ihrer Langeweile an dem Tesastreifen herum, reißt ihn schließlich halb ab, nimmt den Schlüssel und schaut nach, wo er passen könnte. Natürlich passt er in das Schloss vom Papierspender, so blöd ist sie dann schließlich auch wieder nicht, um das nicht zu kapieren! Na ja«, Claudia machte mit der rechten Hand eine dementsprechende Bewegung, »und dann dreht sie halt den Schlüssel rum, das Ding klappt auf und innen drin sieht sie mitten in den Papierhandtüchern so einen komischen Beutel mit einem weißen Zeug darin. Sie nimmt den Beutel heraus und befühlt ihn von allen Seiten. Mittlerweile fährt der Zug in den Hauptbahnhof ein. Gleichzeitig überlegt sie noch, was sie eigentlich tun soll, wenn die Bahnpolizei sie hier jetzt gleich herausholt. Das heißt, so wie du sie mir geschildert hast, hat sie gar nicht viel überlegt, da ist dann das ganze Geschehen einfach lawinenartig auf sie zugerollt. Und geahnt hat sie meiner Meinung nach wohl auch nicht, was eigentlich in dem Beutel drin war. Mag sein, dass sie gedacht hat, vielleicht ein Reinigungsmittel oder sonst etwas. Also, und während sie so dasteht, macht dieser Schaffner, wie heißt der gleich noch mal?«

»Holder«, beeilte sich Horst zu sagen, dessen Abwehrhaltung schon ganz gewaltig in sich zusammen gesunken war, denn mittlerweile konnte er sich längst nicht mehr so skeptisch Claudias Theorie gegenüber zeigen, wie noch kurz zuvor.

»Richtig, Holder!«, nickte Claudia. »Also, da macht der Holder dann die Türe auf, sieht das Mädchen, sieht den Beutel mit dem Kokain, sieht den heruntergeklappten Papierspender, und da gibt es für ihn nur noch eins: Er muss sie aus dem Weg schaffen, so schnell wie möglich, sonst ist das Rauschgift futsch und womöglich macht ihn auch sein Auftraggeber gnadenlos einen Kopf kürzer, wenn er das Zeug nicht wie vereinbart und unversehrt anliefert. Denn – so fürchtet Holder – der nimmt natürlich an, dass er den Stoff selbst auf die Seite geschafft und ihn dann privat verscherbelt hat.« Claudia hielt inne und runzelte fragend die Stirn. »Sag mal, wie viel ist das Zeugs da drin wohl wert gewesen?«

»Schwierig zu sagen«, zog auch Horst die Stirn in Falten. »Aber wenn wir davon ausgehen, dass ein bis zwei Kilo in dem Spender drin Platz gehabt hätten ... also sagen wir mal zwei Kilo, das Kilo zum »Großhandelspreis« von rund 30.000 Dollar, wie gesagt zwei Kilo, das macht dann 30.000 mal zwei gleich 60.000 Dollar. Beim heutigen Wechselungskurs von gut und gerne 1,60 DM, dann sind das locker-flockig 100.000 Stutz, die sie da in der Hand gehalten hat!«

»Eben – und es soll ja Leute geben, die bringen andere schon wegen ganzen fünf Märkern um! Also hat dieser Holder ja wirklich ein Motiv! Er tötet wegen immerhin 100.000 Mark das arme Mädchen. Dabei stellt er es – das muss man ihm bei aller Grausamkeit lassen – wirklich geschickt an. Und zwar in Windeseile! Es soll so wie ein Unfall aussehen und so sieht es ja dann auch aus. Er schließt den Spender wieder zu, nimmt den Vierkant an sich, schließt auch die Tür. Dann stopft er den

Beutel, der wohl tatsächlich einen kleinen Riss bekommen hat, als er versucht hat, ihn dem Mädchen zu entreißen, in seinen Dienstkoffer und stellt sich dann seelenruhig als Wache wieder vor die Tür, so als sei die ganzen zehn Minuten lang nichts gewesen. So lange, bis dann schließlich die Bahnpolizei auftaucht. Mein lieber Mann, der hat vielleicht Nerven!« Kopfschüttelnd lehnte Claudia sich zurück und bedachte ihren staunenden Mann mit einem traurigen Blick.

Horst schlug sich mit der flachen Hand an die Stirn. »Mensch, Claudia – Spitzenklasse!«, stammelte der Kriminalkommissar, tief beeindruckt vom Kombinationstalent seiner besseren Hälfte. »Das ist ja fantastisch, du meine Güte, was war ich bloß für ein Vollidiot – genauso muss es gewesen sein, ja genauso, und nicht anders. Wir können es ihm zwar ohne Fingerabdrücke letztendlich nicht beweisen, den Mord zumindest nicht, aber in die Mangel können wir ihn nehmen, nach allen Regeln der Kunst. Und seinen Dienstkoffer nehmen wir uns auch vor, da können ihm die von der Spurensicherung problemlos das Kokain nachweisen. Immerhin haben die Kollegen ja sogar einen Hauch davon im Papierspender gefunden. Also zu einem Zeitpunkt, an dem die Tüte wohl noch gar nicht angerissen war! Da waren nur hauchdünne Spuren darauf, die beim Abfüllen entstanden sein müssen. Mensch, das wäre doch gelacht, wenn wir den Holder jetzt nicht weichkneten können, der Weinmüller und ich. Bedienung! Hallo, Bedienung! Noch eine Halbe!«, rief Horst im Überschwang der begeistert ans Abendlicht durchbrechenden kriminalistischen Gefühle.

»Und noch ein Viertele Rhodos!«, ergänzte Claudia mit triumphierend funkelnden Augen. Na also – der Abend war gerettet!

Kapitel XVII

Draußen, jenseits des Schienenstranges, erspähte Horst durch die abgeblätterte Stelle der Milchglasscheibe nach der noch fernen Silhouette der Stiftskirche jetzt die Gebäude des IBM-Schulungszentrums von Herrenberg, an denen sie in diesem Moment vorüberzuckelten. Die ersten Zwetschgenbäume tauchten auf, für die Herrenberg und das Ammertal ja in weitem Umkreis bekannt waren. Ein schöner Anblick, den Horst Meyer früher, besonders bei der Blüte im Frühjahr, immer genossen hatte. Aber schön war die Gegend eigentlich zu jeder Jahreszeit – romantischer noch wäre sie freilich von einem normalen Zugfenster aus zu betrachten, und nicht durch die zerkratzte Milchglasscheibe einer schnöden Eisenbahntoilette!

Verzweifelt starrte Horst auf die abgebrochene Klinke, die er immer noch in Händen hielt. Tonnenschwer fühlte sich das defekte Metallteil in der Zwischenzeit an: Hochnotpeinlich, die ganze Situation!

Da hockt man als altgedienter und verdienstvoller Kriminalbeamter also nun bei Tempo 70 auf dem Scheißhaus und fragt sich, wie man wohl jemals wieder einigermaßen mit Anstand und Würde dieser Situation entrinnen soll! Unglaublich! Einfach unglaublich!

Der Kommissar schnaufte schwer: Es war zum Verrücktwerden! Aber letztendlich half ja alles Jammern nichts – es gab nur einen einzigen Ausweg! Und der hieß letztendlich Bahnhof Herrenberg. Da musste er sich bemerkbar machen, denn bei dem aktuellen Lärm während der Zugfahrt machte das ganze hilfesuchende Heischen und Lärmen eh keinen Sinn. Also dann: Augen zu und durch!

Jedoch – Horst überlegte kurz. So toll war die Vorstellung ja nun auch wieder nicht, da in Herrenberg auf dem Bahnhof zu stehen und um Hilfe zu rufen! Eingeschlossen in der Zugtoilette: also wirklich! Eine saublödere Situation konnte er sich weiß der Teufel nicht vorstellen! Womöglich erkannte ihn noch einer der alten Kumpels, mit denen er jahrelang in diesem Zug die Strecke von Herrenberg nach Stuttgart und zurück absolviert hatte! Nicht auszudenken! Auf diese Reaktionen, die dann mit tödlicher Sicherheit folgen würden, konnte er getrost verzichten!

Waren das die Gedanken, die dem unglücklichen Mädchen damals ebenfalls durch den Kopf geschossen waren? Wie war sie wohl mit der Situation fertig geworden, eingeschlossen in diesem üblen Verschlag, keine Möglichkeit zu entkommen und hinter der Tür der wütende Schaffner, der bereits üble Drohungen gegen sie ausgestoßen hatte! Scheußlich!

Horst spürte, wie er allmählich zu frösteln begann. Verzweifelt starrte er neuerlich auf die Klinke in seiner Hand. Verdammt! Die musste doch irgendwie passen! Es musste doch möglich sein, diese einfache Tür samt dem primitiven Schloss damit zu öffnen!

Er versuchte es noch einmal und steckte das abgebrochene Teil in das Schloss. Ja genau, es passte ja!

Jetzt ganz stark drücken und dann ... langsam drehen ... ganz langsam ... und fest drücken ... um neunzig Grad nach links drehen ... ganz langsam ... und fest drücken ... verdammt! Nein, beim besten Willen! Resigniert schüttelte der Kommissar den Kopf: Nichts zu machen! Das verfluchte Ding bewegte sich um keinen Millimeter in Richtung Freiheit!

Ob die verzweifelte Schwarzfahrerin damals wohl auch ...? Er wusste es nicht – wollte es auch nicht wissen ...

Das einzige, was er wusste: Es war eine saublöde Situation, in der er steckte, und zwar mittendrin. Und dann noch der Gestank bei der ganzen Chose – also wirklich!!!

Seufzend und resignierend lehnte sich Horst zurück und verschränkte die Arme hinter dem Kopf. Höllenfahrt durchs Zwetschgengäu!

Kapitel XVIII

Am nächsten Morgen konnte es Horst naturgemäß kaum erwarten, bis er Weinmüller Claudias sensationelle neue Theorie verklickern konnte. Na, der würde vielleicht Augen machen! Wenig später war es soweit: Im Büro saß der liebe Herr Kollege in seiner ganzen triefnasigen Ahnungslosigkeit. Dazu machte er ein Gesicht, gerade so, als hätte er gestern Abend wiederum das berühmte letzte Glas zuviel in sich hineingeschüttet.

Na, wie auch immer! »Mensch, Felix, was guckst du denn so traurig? Komm schon, pass mal auf, ich weiß dir etwas, das wird dich glatt umhauen!«

»Bitte nicht!«, hob der Kollege abwehrend die Hände, um anschließend zur Gegenoffensive anzusetzen. Mit bedeutungsvoll emporgerecktem Kinn verkündete er Wichtiges. »Ich habe dir nämlich auch etwas, und ich wette, dich wird es dann erst recht aus den Socken lupfen«, entgegnete der mittlerweile sichtlich verwandelte Trauerkloß unbeeindruckt von Horsts Nachrichtendrang.

Horst seufzte resigniert und gab nach. »Also gut! Du zuerst! Dann schieß mal los, Kollege!«

»Mach ich, aber setz dich erst mal hin!« Weinmüller deutete mit dem ausgestreckten Arm auf Horsts Bürostuhl. »Jetzt komm halt, mach schon und zieh nicht so eine blöde Grimasse! Du wirst schon sehen! Sitzt du gut?«

»Los jetzt«, drängelte Horst, dessen Geduldsfaden schon wieder auf das unerträglichste strapaziert wurde.

»Halt dich fest: Den Holder, den haben sie heute Morgen in aller Herrgottsfrühe gefunden!«

In der Tat lupfte es Horst aus den Socken und ein merkwürdiges eisiges Kribbeln lief ihm den Rücken empor: »Was haben die – und wer die? Den Holder, gefunden? Wo denn gefunden, was soll das denn heißen? Wo steckt der Kerl jetzt?« Horst ahnte schon die Antwort – und er lag richtig ...

»In der Gerichtsmedizin, und zwar bei der Obduktion – seiner eigenen! Wahrscheinlich zerlegen sie ihn jetzt gerade in alle Einzelteile!«

Horst klappte die Kinnlade runter: »Aber das ist doch nicht die Möglichkeit!«

»Ist es doch. Der Kerl hat sich nämlich vor den Zug geschmissen – Selbstmord! Ganz stilvoll, wie es sich für einen Bundesbahnbeamten gehört: Ein Ende auf den Eisenbahngleisen. Auf der Strecke Stuttgart – Mannheim haben sie ihn heute Morgen zusammengekratzt, beziehungsweise das, was von ihm halt noch übrig geblieben ist. Der ICE, Abfahrt 5 Uhr 11 in Stuttgart, der hat ganze Arbeit geleistet. Wo der drüberrast, da bleibt kein Auge trocken!« Weinmüller nickte, wie zur Bestätigung seines grausigen Fazits, ernst mit dem Kopf.

Donnernd krachte Horsts Faust auf die Schreibtischplatte. »Aber das gibt's doch gar nicht, das ist doch völlig unmöglich! Der hat doch gar nicht wissen können, dass wir ihm bereits dicht auf den Fersen sind!« Der Kommissar fühlte, wie Schweißperlen auf seine Stirn traten. Die Geschichte entwickelte sich wiederum in eine völlig neue Richtung! Was um alles in der Welt wurde denn hier gespielt?!

»Eben, das ist ja das Verrückte!« Weinmüller schloss für einen Augenblick die Augen und fuhr sich müde über die Stirn. »Genau das ist es ja, was ich heute Morgen beim besten Willen auch noch nicht auf die Reihe kriege. Die ganze Chose wird allmählich immer verworrener und mysteriöser.« Er hielt kurz inne und betrachtete seinen Kollegen nachdenklich. »So, jetzt erzähl aber du mal, was gibt es denn so sensationell Neues, was du mir unbedingt sagen musst?«

»Na ja!«, um Horsts Mundwinkel zuckte es bitter, doch dann erzählte er. Weinmüller verfolgte den Vortrag stumm, nur ab und an nickte er zustimmend. Aber ergab die ganze schöne Theorie jetzt überhaupt noch einen Sinn? Waren sie mit dem mutmaßlichen Selbstmord des Schaffners denn nicht am Endpunkt ihrer Ermittlungen angelangt? Oder ging es jetzt in Wirklichkeit etwa erst richtig los? Horst hatte momentan nicht die Spur einer Ahnung, wie er sich diese selbst gestellte Frage beantworten sollte.

Kapitel IXX

Wenig später waren die beiden Kommissare in der Gerichtsmedizin angekommen: Horst wie immer leicht fröstelnd, denn es gab seiner Meinung nach weiß Gott angenehmere Aufenthaltsorte für einen durchschnittlich lebenslustigen und quicklebendigen mittelalten Menschen. Er musste sich nicht ausgerechnet die Zeit in der hellerleuchteten sterilen Gerichtsmedizin vertreiben, mit ihren abstoßenden, an einen Schlachthof erinnernden Gummischwenktüren, den (meist) blanken Edelstahlbecken und diesem durchdringenden Übelkeit erregenden Geruch nach Arznei und Desinfektionsmitteln. Dem Kollegen Weinmüller schien dies alles nicht sonderlich nahezugehen, der hatte ja bekanntlich ein Gemüt wie ein Ackergaul und trat sogar neugierig noch ein paar Schritte nach vorn, um ja haarklein mitzubekommen, wie der Arzt das offensichtlich übel zugerichtete Gemenge aus zerquetschtem Fleisch, Haaren, Blut und Körperflüssigkeit unter sein Skalpell nahm. Pfui, Teufel!

Horst fühlte, wie es in seinem Magen rumorte. Dieser blutige Klumpen da vor ihm auf dem Seziertisch, das sollte einmal ein Mensch gewesen sein! Ein Mensch, genau wie du und ich! Ein ganz und gar lebendiger Mensch! Was immer der Mann auch verbrochen hatte ... ein solches Ende, nackt auf einem Seziertisch, umgeben von lauter Leuten, die alles Mögliche an den Tag legten, nur keine Gefühlsregungen. Leute, für die das blutige Etwas da kein Mensch mehr war, sondern lediglich ein Objekt, das nun in des Wortes ekelhafter Bedeutung ausgeschlachtet und analysiert zu werden hatte. Der Hauptkommissar merkte, ihm würde für einen einigermaßen geordneten Rückzug nicht mehr allzu viel Zeit übrig bleiben. Panikartig stieß er die Worte aus: »Du, ich komme gleich wieder, Felix, macht ihr inzwischen ruhig schon mal alleine weiter! Lass dir eben alles ganz genau erklären ...«

Sprach's und stürzte durch die Schwingtür auf den Flur. Wo verdammt noch mal war denn hier eine Toilette? Mit verzweifeltem Blick schaute Horst sich um, sollte Weinmüller ihm doch spöttisch hinterher grinsen, soviel der wollte, es gab halt einfach Dinge, an die würde sich ein normaler Mensch, der keinen Magen wie eine Kuh hatte, nun mal sein Lebtag lang nicht gewöhnen können. Doch eigentlich hatte Horst, der endlich das rettende Schild mit der Aufschrift »WC« vor sich sah, im Augenblick mit handfesteren Fakten zu kämpfen, als mit solchen Gedanken ...

Kapitel XX

»Na, Horst, ischs uns halt wieder mal passiert?« Unverschämt in die Weltgeschichte hinaus grinsend kam Weinmüller eine halbe Stunde später provokant zur Bürotür hereingeschlendert.

»Na und, es kann halt nicht jeder so einen Kuhmagen haben, wie du«, knurrte Horst, dem beim bloßen Gedanken an die vorherige Szenerie schon wieder irgendwie flau in der Magengegend zu werden drohte. »Also sag schon, was hat der Onkel Doktor alles gewusst – aber ich bitte dich, mach es gnädig und erspare mir die Einzelheiten! Ich warne dich, sonst kotze ich dir womöglich noch auf den Schreibtisch! Und das wird ja hoffentlich nicht unbedingt in deinem Interesse liegen, oder?«

Weinmüller, der in der Tat zum großen Rundumschlag hatte ausholen wollen, zeigte nach dieser massiven Drohung eindeutig Wirkung und Einsicht. Mit einem besorgten Blick auf den Kollegen und auf seinen säuberlich geordneten Schreibtisch fasste er so knapp und sachlich, wie es ging, das vorläufige Untersuchungsergebnis zusammen: »Tja – also das war tatsächlich Maßarbeit, viel besser hätte man den gar nicht auf die Schienen legen können, als das heute Morgen der Fall war. Und um ein Haar hätten wir die Selbstmord-Szenerie ja auch als genau solche akzeptiert. Also wirklich, ich muss schon sagen, unser Onkel Doktor – alle Achtung, der war dieses Mal wirklich echte Spitzenklasse bei seiner Untersuchung, denn er hat an dem vermatschten Teil, das offenbar früher mal der Kopf gewesen sein muss ...«

»Felix, bitte, ich sag's zum letzten Mal, ich mache Ernst!«, unterbrach Horst den immer bildhafter werdenden Redefluss des Kollegen.

Beschwichtigend zuckte Weinmüller die Schultern und warf einen weiteren besorgten Blick auf seinen Schreibtisch. »Ist ja schon gut. Also, am Kopf hat der Doktor festgestellt, dass da ein Hämatom zu sehen ist, und zwar eines, das ganz eindeutig vor dem Zusammenprall mit dem Zug – oder wie man dieses Faktum sonst bezeichnen soll – dorthin gekommen ist. Das muss ein mordsmäßiger Schlag gewesen sein, der Doktor meint, der hätte einen Elefanten flachlegen können, so wuchtig war der. Ja, und dann geht es weiter: An den Händen und an den Füßen, soweit man da halt noch überhaupt etwas feststellen ...«

»Weinmüller! Bitte!!!«

»O.k., o.k. – bitte nicht aufregen, denk an deine Magennerven und an meinen schönen Schreibtisch! Also, an den Handgelenken und an den Fußgelenken scheinen auch irgendwelche Spuren zu sein, gerade so, als ob dieser Holder gefesselt worden wäre, nachdem man ihn zuerst bewusstlos geschlagen hatte!«

»Das ist ja ein Ding!«, staunte Horst.

»Du sagst es! Im wahrsten Sinn des Wortes ein Mordsding!«, bestätigte Weinmüller und hieb sich wie zur Bestätigung auf die Oberschenkel. »Also, die ganze Theorie an einem Stück: Irgend jemand, der den Holder kannte, muss ihn niedergeschlagen haben. Womöglich ist das dann passiert, nachdem er die ganze Sache mit dem Rauschgift und dem Mord im Zug erzählt hat. Und dieser jemand, ich gehe einmal davon aus, dabei handelt es sich um seinen Auftraggeber, der hat dann versucht, ihn als einzigen direkten Zeugen und somit mutmaßlich Verdächtigen aus dem Weg zu räumen. Danach ist Holder gefesselt worden, man hat ihn an die Bahnlinie transportiert und dort versucht, ihn so geschickt aufs Gleis zu legen, dass er fast bis zur Unkenntlichkeit zerquetscht worden ist, als ihn der ICE überfahren hat. Der Gipfel des Ganzen: Kurz bevor der Zug herangerast ist, da hat man ihm sogar noch die Fesseln abgenommen, er war da mit ziemlicher Sicherheit schon bewusstlos. Und so haben der oder die Täter dann in aller Seelenruhe gewartet, bis er tatsächlich überfahren worden ist. Tat ausgeführt! Perfekt! Ja, und danach haben sie sich schließlich aus dem Staub gemacht. Donnerwetter!« Weinmüller blickte auf, ein zynisches Lächeln umspielte seine Mundwinkel. »Also wirklich – stilvoller geht es für einen Schaffner ja beim besten Willen nicht! Was meinst du dazu?«

»Dass du das vorher schon einmal gesagt hast! Und außerdem kenne ich trotz allem schönere Methoden, einen über den Jordan zu befördern. Jetzt aber im Ernst: Das mit dem Bluterguss am Kopf und mit den Striemen an Händen und Füßen ist tatsächlich ganz sicher und auch nachweisbar?«

Weinmüller nickte und drückte sich zur Bestätigung stilvoll wie immer aus: »Mit der berühmten Salami-Taktik von unserem Onkel Doc geht das schon!«

»Weinmüller!« Horst blies andeutungsweise die Backen auf und der Kollege verstand sofort. »Dann hat man ihn also wirklich k.o. geschlagen, gefesselt und anschließend auf das Gleis gelegt? Das hat dir der Doktor so bestätigen können?«

»Kein Zweifel – hundertprozentig war das so! Gut, zugegeben, du kennst unseren Onkel Doktor ja genauso gut wie ich. Der wird sich natürlich wieder erst in hundertzweiundzwanzig Jahren richtig festlegen. Aber immerhin: Er hat gesagt, es sei mit an Sicherheit grenzender Wahrscheinlichkeit so gewesen, und das heißt bei ihm ja weiß Gott schon allerhand. Wir sollten halt noch, um ganz sicher zu gehen, wie immer seine abschließenden Untersuchungen und den endgültigen Bericht abwarten ...«

»Natürlich, die Spielchen kennen wir ja – und bis der dann vollends fertig ist, da ist der Markt verlaufen und das Jahrtausend vorüber!« Horst überlegte kurz und blickte Weinmüller darauf voller Entschlossenheit an: »Also, Felix, dann lass uns zur Sicherheit noch einmal alles, was wir an Fakten haben, zusammenfassen ...«

Doch ehe Weinmüller mit seiner Zusammenfassung beginnen konnte, klingelte das Telefon. Unwirsch zog Horst die Stirn in Falten, während sein Kollege den Hörer abnahm.

»Weinmüller, Mordkommission. Wer stört?« Nach einer kurzen Pause wandte er sich grinsend um: »Aha, ach so, den Hauptkommissar Meyer wollen Sie sprechen, ja sicher ist er da, Moment bitte, Frau Otterbach, er sitzt nämlich grade eben neben mir, Moment, ich reiche Sie rüber!«

»Auch das noch, diese elende Kanaille hat mir grade noch gefehlt«, stöhnte Horst, der schon bei der bloßen Erwähnung des Namens zusammengezuckt war. Doch so beherrscht wie möglich (schließlich kannte er ja die Connection Unterhauser/Otterbach nur allzu gut) nahm er den Hörer und flötete ins Telefon: »Ja, Grüß Gott, Frau Otterbach, so früh sind Sie schon auf den Beinen. Was kann ich denn bitte für Sie tun?«

Keinen Wimpernschlag später wurde Weinmüller Zeuge einer plötzlichen Veränderung im Gesicht seines Kollegen Horst Meyer: Diesem nämlich klappte tatsächlich der Unterkiefer herunter. Der Mann war, ganz entgegen seinem sonstigen Naturell, sekundenlang sogar sprachlos! Schließlich aber brach es dann doch aus ihm heraus: »Ja, das ist doch nicht zu fassen – ja, woher wissen Sie denn jetzt das schon wieder, ja das gibt's doch gar nicht!« Horst Meyer ballte die linke Faust, während er weitersprach. »Ja doch, sicher stimmt es, Sie wissen das doch ganz offensichtlich ohnehin schon. Nein, das eine hat mit dem anderen nicht das Geringste zu tun, ... nein, nein, keineswegs, reine Routine halt, purer Zufall, dass das jetzt auch noch bei mir auf dem Schreibtisch liegt. Was glauben Sie, was da sonst noch alles herum liegt! ... Nein wirklich nicht, da gibt es keine Verbindungen zwischen dem Fall im Eilzug und dem von heute Morgen ... Selbstverständlich, aber ganz so schnell werde ich Ihnen da nichts sagen können, Frau Otterbach. Nun aber noch einmal: Das wird gar nicht so arg spannend sein für Sie. Und Selbstmorde bringen Sie doch normalerweise sowieso nicht in der Zeitung, oder? ... Ja, ... nein – ach noch etwas, das nächste Mal sollten Sie aber bitte über die Pressestelle kommen, Frau Otterbach, sonst kriege ich es schließlich wieder ab, gell ... was, ach so, vom Chef persönlich verbunden worden ...« Horst kniff wütend die Augenbrauen zusammen. »Ja, dann ist das natürlich etwas anderes ... ganz klar ... ja gut, sag ich doch ... also dann, vielen Dank und auf Wiederhören! Kanaille!«

Wütend knallte Horst den Hörer auf die Gabel. »Das Aas hat doch tatsächlich wieder einen Tipp bekommen und dann gleich mal mit dem Alten telefoniert. Der hat natürlich wie immer sein blödes Maul nicht halten können und hat dieser Zecke alles brühwarm weitergegeben. Da könnte man glatt zum Terroristen werden, bei so einem elendigen Mediensumpf! Und das bei uns! Und bloß, weil der Seckel sein saudummes Geboxe in ihre Zeitung hieven will! Also die zwei, ich schwöre es dir, die würde ich, wenn ich Terrorist wäre, als erste in die Luft jagen, den lieben Herrn Unterhauser und seine Otterbach – ein Skandal ist das, und jeder weiß es, aber kein Aas tut was dagegen!«

»Jetzt komm, beruhige dich erst mal!«, versuchte Weinmüller seinen Kollegen, den er selten so hatte ausrasten sehen, allmählich wieder auf den Boden der Tatsachen herunterzuziehen. »Wenn die nichts zu schreiben hätte, mit den ganzen Informationen, mit denen wir sie füttern, oder wenn der Unterhauser nicht so gute Drähte zu ihr hätte, überleg doch mal anders herum: Die hätte uns manchmal schon ganz schön in die Pfanne hauen können, wenn sie nicht ganz genau wüsste, dass sie auch mal wieder Hilfe von uns braucht!«

»Ach bitte, hör doch auf!« Horst war immer noch auf hundertachtzig. »Als wenn der Alte seine Connections nicht hemmungslos einzig und allein für sich ausspielen würde. Wir sind dem doch scheißegal. Der würde uns kaltlächelnd über die Klinge springen lassen, bloß um hinterher selber dazustehen, wie eine Eins. Weißt du denn nicht mehr, damals vor zwei Jahren, da war ich grade frisch hier in Stuttgart, die Geschichte mit dem Triebtäter aus Degerloch? Und unseren Kollegen Schulz, was haben sie damals mit dem angestellt, den haben sie doch lächerlich gemacht und zum Abschuss freigegeben, bis er freiwillig gegangen ist. Dabei hat sich das Rindviech doch nur an die Vorgaben gehalten, die sie ihm gegeben haben. Und hinterher, als sie ihm genau deswegen einen Strick gedreht haben, hat er auch noch aus falsch verstandener Nibelungentreue heraus die Klappe gehalten, der Idiot! Mensch, wenn der sich damals gewehrt hätte und mal so richtig ausgepackt hätte! Da wären die Fetzen geflogen, das kannst du mir aber glauben! Und so, was ist wirklich passiert? Unser lieber Herr Dr. Unterhauser hat sich sogar noch vom Fernsehen feiern lassen, wie er doch in seinem Laden den Rambo gespielt und aufgeräumt hat bei dem ganzen schlafmützigen Polizistenpack!«

»Stimmt, das werde ich nie vergessen! Und das Allergrößte war dann ja noch, dass der Sohn vom Unterhauser selber den Film für die Penner vom Spätzleessender gemacht hat. Seinen eigenen Vater hat er interviewt – das war ja fast schlimmer als früher im Ostblock! Da haben sie ihm halt zwar ein Pseudonym verpasst, damit es nicht ganz so auffällt, und tatsächlich: Kein Mensch hat abends am Fernseher irgendetwas gemerkt davon, dass in Wirklichkeit der Junge seinen Alten bejubelt hat!«

»Siehst du – eben drum!« Horst nickte bitter. »Und deshalb glaube ich auch in hundert Jahren nicht, dass es uns anders ergehen würde, wenn da nur irgendein Pressefritze versuchen würde, beim Alten am Lack zu kratzen, weil wir nicht schnell genug einen Täter präsentieren können oder mit den Herrschaften von der Zeitung zu ungnädig umgesprungen sind. Der würde uns sofort wie die Opferlämmer auf die Schlachtbank zerren und wir hätten dabei nicht den Hauch einer Chance. So eine elendige Kungelei! Aber Hauptsache unser Herr Präsident kommt dabei einigermaßen gut weg!«

»Na ja – wenn wir es schon nicht ändern können ... also lass uns aufhören mit dem Scheiß! Komm, wir wollten gerade die ganze Geschichte noch einmal von vorne zusammenfassen, bevor diese Otterbach angerufen hat«, versuchte Weinmüller seinen zornigen Kollegen wieder auf eine neue Spur zu setzen.

»Also meinetwegen – dann halt noch mal von vorn«, ergab sich Horst in das Unvermeidliche. »Also: Im Zug von Konstanz nach Stuttgart wird ein Mädchen umgebracht. Das Mädchen, eine Schwarzfahrerin, hat zufällig und aus lauter Langeweile eine Packung Kokain im Wert von mindestens 100.000 Mark gefunden, die in der Wagentoilette versteckt war. Der einzige, der letztendlich für den Mord in Frage kommt, ist der Schaffner, der sie im leeren Zug im Hauptbahnhof so lange bewacht, bis die Bahnpolizei vorbeikommt, um sie abzuholen. Der aber hat sie vorher schon umgebracht, nimmt irgendwann seelenruhig das Kokain an sich und trifft dann zu einem bestimmten Zeitpunkt, der zwischen gestern Mittag und sagen wir mal Mitternacht liegen muss, mit seinem Auftraggeber zusammen. Dabei kommt es – aus welchen Gründen auch immer – zum Streit, vielleicht weil irgendetwas mit der Übergabe schiefgegangen ist oder weil er im Bahnhof das Mädchen umgebracht hat. Auf jeden Fall wird nun der Täter selbst zum Opfer. Er wird bewusstlos geschlagen, gefesselt, auf die Schienen gelegt, kurz vorher werden die Fesseln wieder entfernt, der ICE überfährt ihn und richtet ihn grausig zu. Nur durch einen glücklichen Zufall und unseren genialen Onkel Doktor kristallisiert sich aber heraus, dass es gar kein Selbstmord war, sondern in Wirklichkeit kaltblütiger Mord.«

»Exakt – so weit also wären wir«, pflichtete Weinmüller seinem Kollegen bei, »bloß, begreife ich immer noch nicht ganz, weshalb der tatsächlich abgemurkst worden ist? Wer kann denn gewusst haben, dass der Holder bei uns schon auf der Liste der Verdächtigen gestanden hat? Das ist ja fast unmöglich! Wieso also – bei allem Ärger über den Beinahe-Verlust des Kokain s – gleich noch einen Mord riskieren? Und noch etwas: Das mit der Übergabe – hätte die denn wirklich im Bahnhof stattfinden sollen? Also ehrlich, das kann ich mir eigentlich beim besten Willen nicht vorstellen. Schon dass ausgerechnet ein Schaffner ausgerechnet im Hauptbahnhof in Stuttgart noch einmal freiwillig auf die Zugtoilette gehen sollte, das wäre doch jemand aufgefallen. Und schon von deshalb halte ich eine geplante Übergabe im Hauptbahnhof eher für unwahrscheinlich.«

»Mensch, Felix! Richtig, ja genau, ich hab's!« Horst schlug sich mit der flachen Hand an die Stirn. »Du meine Güte, was war ich doch für ein mordsmäßiges Rindviech! Ich habe dir doch die ganze Geschichte schon erzählt, wie das war zwischen Böblingen und Stuttgart, erinnerst du dich?«

»Natürlich erinnere ich mich – na und?« Weinmüller machte wieder mal auf schiere Verständnislosigkeit. »Jetzt sag halt schon, was du meinst und mach es nicht so elendig spannend!«

»Ha, überleg doch mal selber! Zwischen Böblingen und Stuttgart hat der Zug doch kurz angehalten ... wegen einer Baustelle ...« Bedeutungsvoll blickte Horst auf sein Gegenüber, doch so viele Stichworte er auch in die Debatte warf, Weinmüller stand beharrlich weiter auf seinem offensichtlich ziemlich dicken Schlauch.

»Felix! Angehalten! Wegen einer Baustelle! So etwas kann, nein, vielmehr muss ein Schaffner vorher wissen, nämlich dass es da ein paar Tage eine Baustelle geben wird, bei der ein Zug eventuell ganz anhalten muss oder zumindest nur extrem langsam vorüberfahren kann.«

»Ja und?«, noch immer rührte sich nicht das Geringste in Weinmüllers grauen Zellen.

»Ja, was wohl! Was habe ich dir denn erzählt, was kurz vor der Baustelle dort im Zug los war? Da hat es doch den komischen Kerl gegeben, der unbedingt aufs Klo gemusst hat und der mit Teufelsgewalt ausgerechnet da hinein wollte, wo sich die Schwarzfahrerin eingeschlossen gehabt hat. Wir haben doch dann noch zu ihm gesagt, er soll halt das andere Klo nehmen, aber das war ihm ja ganz offensichtlich nicht so recht. Und als er dann aus dem anderen Klo raus gekommen ist, da hat er es doch noch einmal an dem Klo von der Schwarzfahrerin probiert, erinnerst du dich jetzt, dass ich dir das erzählt habe?«

»Ja, freilich erinnere ich mich – aber es tut mir herzlich Leid, ich weiß immer noch nicht so richtig, worauf du eigentlich hinauswillst. Nur weil da einer die Scheißerei gehabt hat, was soll uns das denn in diesem speziellen Fall weiterbringen? Das hilft uns keinen Millimeter nach vorn!« Bei Weinmüller schien offenbar der Knoten nicht ums verrecken platzen zu wollen!

Horst stöhnte laut und vernehmlich. »Oh, liebes Vaterland, was hast du doch für geniale Ermittler!« Er verdrehte die Augen in Richtung Bürodecke, was Weinmüller sichtlich auf die Palme brachte. »Hast du deinen Kommissarslehrgang denn beim Neckermann gemacht, oder was?! Jetzt denk doch um Gottes willen einmal im Leben kurz nach: die Baustelle! Das war die verabredete Übergabestelle für das Kokain! Kapierst du das denn nicht? Denn rechtzeitig vor der Baustelle hat der Jüngling mit dem vermeintlichen Dünnschiss ins Klo gehen wollen. Er hätte sich dann, ohne dass das jemandem unter den Passagieren groß aufgefallen wäre, fünf Minuten lang darin eingeschlossen. Er hätte in der Zwischenzeit unter dem Papierspender den Schlüssel gefunden, der im übrigen dem Schaffner gehört, der ihn anschließend wieder an sich nimmt. Mit diesem Schlüssel wollte er verabredungsgemäß aufschließen, den Beutel mit dem Kokain herausholen und die ganze Herrlichkeit danach ins Klo werfen. Genau in Höhe der Baustelle hätte er dann auf die Klospülung gedrückt und so den Koks mitten auf das Gleis gespült. Du weißt doch, bei der Bundesbahn geht die Sauerei ja immer noch direkt hinaus ins Grüne – Pfui, Teufel! Das ist ja auch der tiefere Grund, weshalb man nicht aufs Klo gehen soll oder darf, solange der Zug im Bahnhof hält. Das kannst du überall an den Toilettentüren lesen. Auf den Schildern steht, dass das verboten ist. Schließlich würde es ja sonst auch jämmerlich stinken, wenn da jeder sozusagen frei von der Leber weg im Bahnhof mitten auf die Schienen kacken würde! So Felix – ist jetzt alles klar?«

Der so Angesprochene knurrte böse. »Ja, ja, jetzt hab dich bloß nicht so, mit deiner Eisenbahnlogik!« Weinmüller war in der Tat ziemlich stinkig, mit Wahrscheinlichkeit deshalb, weil Horst ihn halt offenbar doch etwas zu stark gereizt hatte und weil er seine Begriffsstutzigkeit überspielen musste, die ihn anfangs daran gehindert hatte, Horsts Kombinationen zu begreifen. Es war ja schließlich zugegebenermaßen für einen Nicht-Zugfahrer auch nicht ganz einfach zu verstehen, worauf der Kollege eigentlich hinausgewollt hatte. In diese Kerbe hieb er jetzt. »Außerdem soll es ja auch noch Leute geben, die nicht so wie du jeden Tag mit dem Zug zur Arbeit dampfen, und wie soll unsereiner denn dann auf so etwas Abgefahrenes kommen? Sag mir das mal!?« Die Entrüstung in Person! Ganz eindeutig! Horst beschloss, sich wieder etwas mehr der Diplomatie zuzuwenden.

»Tja, Zug fahren bildet eben! Also Entschuldigung, es war doch net so gemeint, Felix, aber du gibst zumindest zu, dass es so gewesen sein könnte, oder?«

»O.k. – so könnte es gewesen sein«, nickte Weinmüller, wieder eine Spur verträglicher.

»Dann haben die ganz einfach diese Baustelle als Übergabepunkt benutzt, das ist schließlich viel unauffälliger als ein Bahnhof. Und dann hält der Zug ja auch mindestens hundert Meter vor der eigentlichen Baustelle und den Arbeitern dort. Von daher fällt keinem irgendwas auf. Und womöglich ist sogar einer von den Bauarbeitern der Adressat, oder es verkleidet sich einer als Bauarbeiter, als Zulieferer oder so ähnlich, läuft dann ein Stück am Gleis entlang, sieht den Beutel, hebt ihn auf und transportiert ihn weiter. Ja – so könnte es gewesen sein!« Horst bestätigte sich seine eigene Theorie mit nachdrücklichem Kopfnicken.

»Richtig, zugegeben! Deine Denke hat was Überzeugendes! Nur hat die Schwarzfahrerin denen jetzt ihren ganzen genialen Plan durcheinander gebracht«, ergänzte Weinmüller.

»Das war so ziemlich das einzige Risiko, wenngleich auch ein recht geringes! Deshalb kann man aber nicht die ganze Strecke von Konstanz bis Stuttgart sicherheitshalber auf dem Scheißhaus hocken. Eigentlich müssten fünf Minuten vorher ja auch vollkommen ausreichen, bloß halt ausgerechnet an dem Tag nicht. Das heißt, ich will gar nicht wissen, wie oft die Methode vorher nicht schon geklappt hat, halt vielleicht bei irgendeiner anderen Baustelle. Du sagst ja, die graben jetzt momentan doch wegen der S-Bahn an jedem Maulwurfshaufen.«

»Richtig«, nickte Horst

»Und da war sogar noch eine zweite Sicherung, dass nämlich dann, wenn es mit der Baustelle aus einem x-beliebigen Grund schief geht, ja noch der Schaffner da ist. Und der geht dann im Stuttgarter Bahnhof das –

immer noch recht geringe – Risiko ein, die Packung doch noch an sich zu bringen, indem er halt einfach aufs Klo marschiert, den Vierkant holt und den Papierspender aufschließt. Narrensicher, das Ganze! Dummerweise ist aber an diesem Tag auch noch die zweite Sicherung durchgeschmort. Und zwar eigentlich ja nur deshalb, weil das Mädchen aus lauter Langeweile an diesem Papierspender herumgefummelt hat. Im schlimmsten Fall – und davon ist der Schaffner logischerweise in seiner Panik ausgegangen – hätte er ihr dann das Kokain lassen müssen und die ganze schöne Lieferung im Wert von 100.000 Märkern wäre futsch gewesen. Außerdem wäre dadurch eventuell die Polizei auf den Kokaintransport aufmerksam geworden und ihnen so auf den Trichter mit dem Versteck gekommen. Der Transportweg wäre aufgeflogen und für alle Zeiten versperrt gewesen. Da kannst du schnell in die Millionen hochrechnen, was das im Endeffekt für ein Verlust gewesen wäre. Das aber hat unser Holder unbedingt vermeiden wollen und deshalb hat er die Schwarzfahrerin umgebracht. So gesehen wirklich raffiniert, der Kerl! Immerhin hätten wir alle ja fast schon an einen Unfall geglaubt und der Rauschgiftschmuggel hätte auf derselben Strecke unbehelligt weitergehen können.«

»Eben«, fiel Horst ein, »aber wegen so was einen Mord zu begehen, also ich finde das trotzdem irrsinnig, ein Mensch wie der Holder, Beamter, natürlich keine Vorstrafen ...«

»Na ja, einmal ist immer das erste Mal und manche sind schon mit fünf Mark dabei!«, setzte Weinmüller dagegen und Horst nickte nachdenklich mit dem Kopf: Wo hatte er das Argument mit den fünf Mark neulich schon einmal fast genauso gehört?

»Also, dann lass uns mal die finanziellen Verhältnisse vom Holder genauer untersuchen und abklären, mit wem er sonst so Kontakt gehabt hat. Dann könnten wir außerdem noch ...«

»Stop, Horst«, fiel ihm der Kollege unvermittelt ins Wort. »Mir kommt da gerade eine Idee: Wir könnten natürlich noch was ganz anderes tun ...«

Oh Gott – bitte nicht schon wieder eine von Weinmüllers besonders abstrusen Theorien, mit denen er sich für die vorher erlittene Schmach rehabilitieren musste. Meist dauerte es bekanntermaßen mehrere Stunden, um ihn wieder mühsam aus seiner selbstgewählten Sackgasse herauszubugsieren.

Horst demonstrierte mit seiner Miene – verständlicherweise – äußerste Skepsis, erkundigte sich aber dennoch in fast neutralem Tonfall nach dem Inhalt der Weinmüller'schen Theorie: »Na gut, sag schon, was also könnten wir?«

»Ha – grade eben haben wir doch festgestellt, dass es anscheinend auch darum gegangen ist, den Transportweg zu schützen. Dass der Holder die Schwarzfahrerin umgebracht hat und sich deswegen vor den Zug geworfen hat, das wollten die uns doch offenbar unterjubeln. Woher soll die Polizei nach deren Meinung auch schon wissen, dass hier Rauschgift im Spiel war, dass es dem Holder bei dem Mord in Wirklichkeit um das Kokain gegangen ist? Also ich fresse einen Besen, wenn die, die den Mord am Holder begangen haben und die hinter dem Rauschgiftschmuggel stecken, wirklich Lunte riechen, dass wir ihnen auf den Fersen sind. Ich glaube sowieso, dass da bestenfalls Halbamateure am Werk sind, die halt ganz einfach eine Geldspritze brauchen oder glauben, sie könnten so ins ganz große Geschäft einsteigen. Also nach Profis klingt mir das alles irgendwie ganz und gar nicht!«

»Scheint fast so«, pflichtete ihm Horst bei, der insgeheim zugeben musste, dass er dem lieben Kollegen und seinen Theorien zumindest diesmal in Gedanken Unrecht getan hatte. »Dann lass uns mal wieder zweigeteilt vorgehen: Du frönst deiner alten Leidenschaft und informierst die Kollegen vom Rauschgift über deine Überlegungen, und ich nehme mir mal die Wohnung vom Holder vor. Ich denke, bei unserem Freund Schneider wird es ja mit Sicherheit einen Schlüssel dafür geben! O.k.? Machen wir das so?« Weinmüller nickte eifrig.

»Also dann!« Horst klatschte unternehmungslustig in die Hände. »Auf die Plätze, fertig, los!«

Horst ahnte wieder einmal nicht, wie anders der Tag verlaufen würde ...

Kapitel XXI

»... und das will ich Ihnen jetzt noch einmal, und zwar in aller Deutlichkeit, sagen: Ich dulde es nicht, dass angesehene Bürger dieser Stadt von meinen Beamten bespitzelt werden und dass man sie mit völlig haltlosen, völlig abstrusen Verdächtigungen konfrontiert! Wenn Sie unbedingt Karriere machen wollen, dann nicht auf dem Rücken von verdienten Kommunalpolitikern, auf denen sowieso schon jedes Arschloch meint, nach Belieben herumhacken zu können. Ja, wo wären wir denn in unserer Gesellschaft, wenn es solche Leute nicht mehr gäbe, die sich für das Gemeinwohl einsetzen, obwohl sie bis an den Hals in der eigenen Arbeit stecken!«

Der Alte war völlig außer sich, aber das war er ja meistens, wenn man mit ihm zu tun hatte. Horst kannte genaugenommen überhaupt nur zwei Gemütszustände bei Unterhauser: entweder scheißfreundlich und falsch wie eine Schlange oder aber (und das meistens) cholerisch und auf hundertachtzig. Und freundlich war der doch sowieso nur dann zu seinen Untergebenen, wenn er irgendetwas wissen wollte, was ihm selber nützlich sein konnte, oder dann, wenn beispielsweise die Chanel-Duftwolke von der Zeitung angerufen hatte und eine Auskunft begehrte.

»Ja freilich, Herr Unterhauser, ich habe Sie schon verstanden, aber ich habe wirklich nicht vorgehabt ...«, versuchte Horst sich aus der Affäre zu winden, in die er völlig unbeabsichtigt hineingestolpert war. Kaum dass er nach der (im übrigen vollkommen ergebnislos verlaufenen) Wohnungsdurchsuchung bei Holder zurück ins Büro gekommen war, hatte ihn auch schon Unterhausers Sekretärin, diesmal gar nicht so sanft flötend wie neulich, nach oben befohlen, wo sich dann das ganze Donnerwetter des Alten über ihm entladen hatte.

»Doktor, Dr. Unterhauser heiße ich, dass das endlich einmal klar ist! Dr. Unterhauser! Jeder Mensch hat schließlich das Recht auf seinen ehrlich erarbeiteten Titel!« Der Alte schäumte schon wieder. Na ja, bei 1 Meter 60 (inklusive Plateausohlen) brauchte man ganz einfach eine wie auch immer geartete Ersatzbefriedigung, und wenn es sich dabei wie in diesem Fall halt um solch einen Doktortitel handelte. In Wirklichkeit hielt Horst das Arschloch von Polizeipräsident für einen ganz armen Tropf, wenn er solch einen Auftritt nötig hatte. Horst schüttelte innerlich den Kopf, bemühte sich aber gleichzeitig pflichtschuldigst, eine angemessen betroffene Miene an den Tag zu legen. Und so versicherte er dem Herrn Doktor Polizeipräsidenten denn auch hundertfünfzigprozentig, dass er verstanden habe. »Selbstverständlich, Herr ... Herr Dr. Unterhauser, Entschuldigung! Aber das mit dem Herrn Schneider ... also ich habe ihm wirklich nicht zu nahe treten wollen. Wahrscheinlich habe ich mich nur etwas unglücklich ausgedrückt, als er mir den Schlüssel nicht gleich hat geben wollen. Na ja, ich hatte zwar zugegebenermaßen keinen offiziellen Durchsuchungsbefehl dabei, aber der Holder war doch schließlich bereits tot! Also habe ich gar nicht recht verstehen können, weshalb er so sehr darauf beharrt hat!«

Ungnädig glotzte der Doktor hinter seinen Brillengläsern hervor. »Unglücklich ausgedrückt oder nicht! Ich habe mich für Sie und Ihr Verhalten entschuldigen müssen! Ich hoffe nur, dass die Geschichte damit aus der Welt ist! Und jetzt können Sie gehen – oder gibt es im Zusammenhang mit dem Herrn Schneider womöglich noch irgend etwas, das ich unbedingt wissen müsste?« Misstrauisch stierte der Hierarch zu seinem Untergebenen hinüber.

»Aber nein, woher denn, Herr Unterhauser! Herr Dr. Unterhauser«, korrigierte sich der Hauptkommissar gerade noch rechtzeitig vor einem neuerlichen Ausbruch seines Gegenübers. Noch ein paar solcher Begegnungen der anderen Art mit diesem Hypochonder und die so hoffnungsvoll begonnene Karriere des Polizeibeamten Horst Meyer würde ein genauso jähes wie unverdientes Ende finden! »Ich muss es aber auch noch einmal nachdrücklich betonen: Es ging ja in Wirklichkeit gar nie um den Herrn Schneider, sondern nur um seinen Untermieter, den Holder, das war nur ein ganz dummes Missverständnis, sonst nichts, ehrlich.«

»Na, dann will ich Ihnen das mal abkaufen«, brummte der Alte immer noch recht verdrießlich und wandte Horst als eindeutiges Signal, sich nun gefälligst zu entfernen, seine Kehrseite zu. Innerlich kochend, aber nach außen mit sämtlichen Zeichen tiefer Zerknirschtheit ausgestattet, zu denen er fähig war, verließ der Kommissar das Büro des Alten und verabschiedete sich sogar noch artig bei der Schnepfe von Sekretärin, die natürlich ganz genau mitbekommen hatte, dass da drinnen ein Jenseits Donnerwetter über Horst niedergegangen war.

Aber musste die ihn nun deshalb genauso missbilligend anglotzen, wie vor einer halben Minute noch der Alte? Bei Chefs und ihren Sekretärinnen konnte man halt immer wieder dasselbe Phänomen ausmachen wie bei Hundebesitzern und ihren Vierbeinern: Im Lauf der Jahre näherten sie sich immer mehr aneinander an, so dass man bald gar nicht mehr wusste, wer jetzt in Wirklichkeit das Original und wer das Abziehbild davon darstellte. Von dieser Überlegung wieder einigermaßen ins Gleichgewicht gebracht, (Ha, wenn die dumme Kuh nämlich nur ahnen würde, was ihm da gerade durch den Kopf geschossen war!) beeilte er sich, den Raum zu verlassen, selbstredend die Höflichkeit in Person. Denn schließlich war in jeder Verwaltung ein gutes Verhältnis zur Chefsekretärin schon die halbe Miete: »Also dann, vielen Dank, Fräulein Datz, und auf Wiedersehen. Schönen Tag noch!« – Gott sei Dank, er war draußen und konnte sich jetzt jenseits aller hierarchischen Diplomatie endlich wieder an seine eigentliche Arbeit machen.

Kapitel XXII

Unten im Büro streckte ihm Weinmüller sofort die Zeitung entgegen, als er zur Tür hereinkam: »Da, guck mal, das habe ich grade erst entdeckt, solange ich auf dich gewartet habe. Jetzt scheint der Schneider seine Nase aber granatenmäßig reingeklemmt zu haben!«

»Hineingeklemmt? Der Schneider?« Horst griff erwartungsvoll nach dem Lokalteil der Stuttgarter Zeitung, die er heute Morgen nur kurz überflogen hatte, und tatsächlich: Ein dreispaltiger Artikel widmete sich dem Immobilienmakler aus Luginsland, der offenbar seine finanziellen Möglichkeiten weit überschätzt hatte und nun, nachdem schon wochenlang Gerüchte über seine bevorstehende Zahlungsunfähigkeit kursiert waren, allem Anschein nach wirklich am Ende war. Schon gab es auch von Sprechern seiner wetterwendischen Partei, für die er im Stuttgarter Gemeinderat saß, die ersten, natürlich wie immer in solchen Fällen noch sehr vorsichtig formulierten Distanzierungsversuche. Obwohl, die waren andererseits natürlich wieder so geschickt verpackt, dass man nach alter Diplomatenart hinterher, je nachdem, wie die ganze Geschichte schließlich ausgehen würde, dann von sich sowohl behaupten konnte, man habe ja immer wie ein Fels in der Brandung hinter ihm gestanden, als auch das Gegenteil: Man habe ja schon damals mit tiefer Beunruhigung gewarnt, sei in Sorge gewesen, habe noch versucht ... – ganz einfach das übliche, sattsam bekannte Politikergewäsch halt!

»Mein lieber Schwan, jetzt wird mir allmählich auch klar, wieso der so sauer war heute Morgen und mich alles Mögliche geheißen hat, als ich bei ihm war!« Horst fiel die Erkenntnis wie Schuppen von den Haaren. »Wenn das natürlich jemand von der Zeitung spitzgekriegt hätte, dass die Polizei am gleichen Morgen, an dem der Artikel über seine Zahlungsunfähigkeit erscheint, im Haus des feinen Herrn Schneider ermittelt, na ja, dann wäre der aber natürlich endgültig geliefert gewesen ...«

»Ist er aber nach dem, was hier steht, doch sowieso«, meinte Weinmüller skeptisch, was die Zukunft des Immobilienmaklers Schneider betraf.

Horst war sich da nicht so sicher. »Na ja, auf jeden Fall scheint der zu kämpfen bis zum Schluss. Der verkauft sich so teuer, wie es nur geht. Kaum dass ich nämlich weg war bei ihm, hat der tatsächlich schon den Alten angerufen und sich furchtbar über mich beschwert!«

»Ach, du liebes Bisschen! Ja, wieso das denn? Und der Alte, der hat sich den ganzen Quatsch natürlich auch noch angehört und alles für bare Münze genommen? Stimmt's? Jetzt ist mir auch klar, was du so lange bei dem getrieben hast!«

»Der Kandidat hat hundert Punkte«, lobte Horst mit säuerlicher Miene die an den Tag gelegte Scharfsinnigkeit seines Kollegen. »Du kannst es dir lebhaft ausmalen: Natürlich habe ich mir eine lange Litanei anhören müssen, bei unserem Freund Unterhauser, Entschuldigung, beim Dr. Unterhauser natürlich! Doktor, so viel

Zeit muss sein! Na ja, Schluss jetzt endgültig mit dem ganzen Quatsch! Jetzt sag, was haben die Kollegen vom Rauschgift gemeint?«

»Die finden unsere Theorie logisch, das könnte durchaus alles so gewesen sein. In der Kategorie von denen läuft das zwar noch unter ›kleine Fische‹, aber immerhin. Die meinen sogar, die Geschichte könnte man pressemäßig ganz gut vermarkten, wenn wir Erfolg haben. Vielleicht hätte sie ein paar Wochen lang auch wieder ein bisschen eine abschreckende Wirkung für die anderen Kleindealer in der Szene. Auf jeden Fall steigen die jetzt voll mit ein und observieren den Zug von Konstanz bis Stuttgart durchgehend. Morgen geht es schon los und dann die ganze nächste Woche durch, falls es nötig sein sollte auch noch länger!«

»Gut, das wäre also wenigstens geschafft. Fragt sich natürlich nur, wer denn künftig den Stoff in Kreuzlingen über die Grenze schafft, wo der Holder doch jetzt endgültig ausgefallen ist. Das war ja schon elegant, ein Bundesbahnschaffner ... Wer denkt denn auch so etwas?! Von einem deutschen Beamten!«

»Die Kollegen drüben meinen, so wie die Geschichte anscheinend gestrickt ist, war das ein Deal unter Kollegen, kleine Fische halt, wie gesagt: Wahrscheinlich ist es so, wie du vermutest, dass da einer von der Schweizer Bundesbahn auch Dreck am Stecken hat. Um ganz konkret zu sein: Die Schweizer Polizei hat anscheinend schon lange den Verdacht, dass da irgendwas läuft, und zwar über Italien mit dem Zug in die Schweiz und dann ein Teil davon weiter in die Bundesrepublik. Jetzt glauben sie auch unsere Theorie. Irgendeiner oder mehrere von den schweizerischen Eisenbahnern muss den Koks in Kreuzlingen oder erst im Konstanzer Bahnhof an seinen Kollegen in Deutschland weitergeben. Gar nicht so dumm, das Ganze, denn das ist ja praktisch völlig unverdächtig, wenn die das so aufziehen, wie wir vermuten. Und wenn es nun keinen solchen deutschen Kollegen mehr gibt, auch dafür gibt es eine ganz einfache Lösung. Es fahren ja schließlich genügend Schweizer Züge auch auf Bundesbahngleisen und umgekehrt, hauptsächlich unten am See im Grenzbereich. Und das ist die neue Variante, wie die Kollegen vermuten: Wem soll es nämlich da schon groß auffallen, wenn in diesem Fall einmal ein Schweizer Schaffner in einem deutschen Grenzbahnhof ganz selbstverständlich aus einem deutschen Wagenn steigt. So geht es, das ist ja absolut nichts Besonderes! Und wenn er nur kurz einen lieben Kollegen besucht hat oder so, wer kann schon so bürokratisch sein und im kleinen Grenzverkehr auf der ganz privaten Schiene etwas dagegen haben ... Nein, da kommt deshalb kein Grenzer und weist den Schaffner in die Schranken. Nein, das tun die nicht, die kennen sich ja schließlich auch alle! Tja, und so scheint das alles wunderbar zusammenzupassen.«

Horst nickte beifällig. Auch er war von der Stichhaltigkeit dieser Argumente überzeugt: »Na, dann bin ich jetzt aber gespannt, ob unsere Observierung wirklich hinhaut, ohne aufzufallen.« Er machte eine kurze, bedeutungsvolle Pause und stemmte die Ellbogen auf den Schreibtisch. »Übrigens, Felix, noch mal zurück zu dem Motiv. Auf jeden Fall hat der Holder ein ganz persönliches Motiv für den Rauschgift-Transport gehabt, das habe ich dir vor lauter Hektik bis jetzt noch gar nicht sagen können. Unser Freund war nämlich pleite, restlos ausgebrannt, genau wie sein Vermieter, der hat keine müde Mark mehr auf seinem Konto gehabt, im Gegenteil. Ich habe in seinem Schreibtisch die Kontoauszüge gefunden und auf dem letzten, da war ein Soll von 25.000 Märkern drauf – am Monatsanfang wohlgemerkt! Also der Bursche hat weiß Gott dringend eine Geldspritze gebraucht, denn bei seinem Bundesbahn-Schaffnergehalt, da hätte er Jahre gebraucht, um allmählich – wenn überhaupt – wieder auf einen grünen Zweig zu kommen. Merkwürdig dabei finde ich ehrlich gesagt nur: Große Wertsachen scheint er nicht besessen zu haben. Zumindest war nichts dergleichen vorhanden, der Holder hat kein Auto gehabt, keinen Fernseher, da war so gut wie nichts in der Wohnung, das sieht dort im Gegenteil regelrecht spartanisch aus. Aber es könnte ja natürlich auch sein, dass er süchtig war, dass er deshalb am Ende den Kurier gespielt hat, weil er den Koks selber gebraucht hat und ihn nicht mehr hat zahlen können. Sagt der Obduktionsbefund eigentlich was dazu?«

Weinmüller runzelte nachdenklich die Stirn, dann schüttelte er den Kopf: »Nein – das heißt ja, Fehlanzeige: Also süchtig war der nicht. Aber vielleicht hat er irgendein anderes Laster gehabt, in der Spielbank gespielt oder gepokert oder sonst was, das kriegen wir schon noch raus, da bin ich ganz sicher. Was mich aber jetzt noch viel mehr interessieren würde, wer hat ihn denn nun eigentlich um die Ecke gebracht?«

»Tja, wen interessiert das im Augenblick wohl nicht«, spöttelte Horst. »Aber im Ernst, ich denke, wenn wir den Kerl von der Zugtoilette bei der Eisenbahnbaustelle erwischen, dann haben wir auch den Schlüssel zu allem anderen in der Hand! Falls die so blöd sind und denselben Trick noch einmal probieren«, setzte er noch hinzu. »Jetzt guck nicht so skeptisch, Felix, warte bloß mal ab, ein paar Stunden Geduld noch und dann schlagen wir unbarmherzig zu!« Horst gab sich unüberhörbar vollkommen siegesgewiss und konnte es deshalb auch kaum noch erwarten, bis endlich der nächste Morgen anbrach und er auf dem Bahnsteig wie an jedem Tag von Herrenberg in den Eilzug Konstanz – Stuttgart einsteigen konnte. Nur, dass es sich morgen früh nicht um die alltägliche Reiseroutine handeln würde ...

Kapitel XXIII

Der nächste Morgen, den der Hauptkommissar Horst so sehnsüchtig erwartet hatte, verlief absolut enttäuschend. Der Zug hatte zwar wieder – genau wie damals, als der Mord geschehen war – an der Bundesbahnbaustelle gehalten, doch weder hatte irgendeiner der Fahrgäste ausgerechnet um diesen Zeitpunkt herum ein dringendes Bedürfnis verspürt, noch war sonst etwas Verdächtiges geschehen. Die einzige mehr oder minder erwähnenswerte Begebenheit war ein Wiedersehen mit dem dicken Schaffner gewesen, der nun, nachdem ein paar Tage vergangen waren, wieder seinen routinemäßigen Dienst im Eilzug Konstanz – Stuttgart und zurück versah. Überschäumende Begeisterung hatte der freilich bei ihrem Wiedersehen nicht unbedingt an den Tag gelegt, sondern er hatte Horst ziemlich unwirsch angeknurrt: »So, da sind Sie ja wieder!« Horst hatte es vorgezogen zu schweigen und dem Menschen stumm und pflichtgemäß seine Monatskarte unter die rote Nase zu halten.

»Du meine Güte, der hat Sie aber für alle Zeiten gefressen«, bilanzierte Horsts genauso traditioneller wie ahnungsloser Zugnachbar und Leidensgenosse erstaunt, als sich der Dicke durch die Menge der Fahrgäste, die wieder mal keinen Sitzplatz bekommen hatten, seinen Weg in den hinteren Teil des Wagens gebahnt hatte. »Und das alles bloß wegen der Geschichte da mit unserer Schwarzfahrerin. Aber wer hätte denn auch ahnen können, dass so ein Riesending daraus wird. Haben Sie das auch in der Zeitung gelesen, da muss sogar immer ein Polizist mit nach Stuttgart fahren«, die Stimme des Zugnachbarn senkte sich zu einem vertraulichen Flüsterton: »Und der Trottel, der hat nicht mal gemerkt, dass da ein paar Meter neben ihm jemand abgemurkst wird. So was darf sich dann Kriminalkommissar nennen! Ich möchte bloß allzu gern wissen, wie das Rindviech wohl aussieht!«

Verstohlen schaute sich der Besserwisser um: »Der ist wahrscheinlich im gehobenen Dienst und wird erste Klasse fahren! Aber wirklich ...« In gespielter Entrüstung schüttelte er den Kopf mit dem schütteren Haar. »Das muss man sich mal vorstellen: Da steht dieser Trottel von Polizist doch tatsächlich direkt vor der Klotür und kriegt überhaupt nichts davon mit, dass sich ein paar Zentimeter von ihm entfernt ein Drama abspielt! Also Sachen gibt's! Und Leute gibt's! Ich sag's ja immer, aber höherer Dienst sein wollen!« Missmutig schniefte der Zugnachbar und glotzte – all seiner Illusionen über die Crème de la Crème des höheren deutschen Beamtenapparates beraubt – aus dem milchigtrüben Fenster der Wagentüre.

Auch das noch! Am liebsten hätte Horst dem Neunmalschlauen heute Morgen mal ordentlich die Meinung gegeigt, aber was hätte das eigentlich schon für einen Wert gehabt. Und deshalb beließ er es mit der beiläufigen Bemerkung: »Ja, und was ist mit Ihnen – Sie haben doch auch praktisch auf Tuchfühlung zum Klo gestanden, haben Sie denn etwa auch gar nichts mitgekriegt? Mir scheint fast, Sie waren genauso ahnungslos wie dieser von Ihnen kritisierte Kommissar!«

»Aber ich bitte Sie!«, entrüstete sich der Nachbar postwendend und Zornesröte schoss ihm ins Gesicht. »Ja, sind wir denn hier die Kriminalisten oder ist es der von der Polizei. Jeder lernt ja schließlich seinen eigenen Beruf!«

Horst verkniff sich eine spitze Bemerkung des Inhalts, was der Nachbar denn wohl in seinem Beruf gelernt habe, außer die Vesperpause auf neue Rekordzeiten auszudehnen. Wohlweislich schluckte er es herunter und sagte gar nichts mehr, um sich nicht doch noch unnötig in Verlegenheit bringen zu lassen.

Der Tag im Büro verlief furchtbar öde, so öde halt, wie kriminalistische Kleinarbeit manchmal sein konnte: Weitere Kontoauszüge von Holder prüfen, die Eisenbahnerkollegen über dessen Bekanntschaften und Gewohnheiten ausquetschen, einen vorläufigen Bericht erstellen, noch einmal (zum wievielten Mal eigentlich?!) die Aktenlage studieren, sich ein paar Mal mit den Kollegen vom Rauschgiftdezernat und denen vom Landeskriminalamt beraten, kurzum: öd, öd, öd ... Und den entscheidenden Schritt hatten sie nicht gemacht, im Gegenteil beinahe: Weitergekommen waren sie ehrlich gesagt keinen müden Millimeter.

Um ein bisschen frische Luft zu schnappen, ging Horst am Feierabend zu Fuß in Richtung Bahnhof, gestand sich aber schon nach wenigen Minuten ein, dass das wohl ein Fehler gewesen war. Von wegen frische Luft! Mitten im Hochsommer im stickigen smoggeschwängerten Stuttgarter Talkessel spazieren zu gehen, das war das Ozonerlebnis in Reinkultur! Selbst die Penner am Schlossplatz schienen ihren Flüssigkeitsbedarf kaum mehr stillen zu können und schütteten eine Flasche nach der anderen in sich hinein. Aus den Augenwinkeln erspähte Horst im Vorübergehen, wie zwei von ihnen, die – woher auch immer – ein kleines Fläschchen Körperdeo abgestaubt hatten, sich gerade kräftig damit unter den Achseln parfümierten. Typisch Stuttgart, die cleane Hauptstadt vom Hightech-Ländle: Da waren selbst die Penner noch so vornehm, dass sie auf einen angenehmen Körperduft achteten! Voller Wehmut dachte Horst an die schönen Zeiten, an die in des Wortes wahrster Bedeutung stinknormalen Leute und die ungefiltert gute Luft in seinem geliebten Provinznest Sigmaringen. Mit einem gequälten Seufzer auf den Lippen eilte er dem nächsten U-Bahn-Schacht entgegen.

Kapitel XXIV

Müde und entsprechend säuerlich (der blöde Zug hatte wieder mal auf dem Stuttgarter Bahnhof zehn Minuten lang auf einen verspäteten Intercity gewartet) kam Horst nach Hause. Und nachdem ihn Claudia zu allem Überfluss auch noch mit allen Anzeichen der Verwunderung begrüßt hatte: »Nanu Horst, was willst du denn schon so früh daheim?«, ergriff er schnell die Flucht in seinen Weinberg. Das wäre zwar an diesem Abend arbeitstechnisch eigentlich gar nicht notwendig gewesen, aber bevor er seine schlechte Laune an der family ausließ, wich er lieber aus: Dem geheiligten Familienfrieden und seinem fragilen Nervenkostüm zuliebe! Und andererseits: Ein paar Geiztriebe an den Reben entfernen, den einen oder anderen Trieb am Drahtrahmen festbinden, na ja, bei etwas gutem Willen konnte man schon zu dem Schluss kommen, es gäbe im Weinberg etwas zu arbeiten. Zwar sah sein Wengert längst nicht dermaßen ›geschleckt‹ aus, wie von den Nachbarn, und Horst kümmerte sich eigentlich auch einen Dreck um das Geschwätz von denen über seine ›Sauerei‹ (zumindest machte er sich vor, dass es ihn nicht kümmere), aber so ein bisschen den Anschein von Mühe und Arbeit aufrechtzuerhalten, das ließ einen bei den einheimischen ›Kollegen‹ ringsum doch gleich wieder ein paar Prozentpunkte im Ansehen auf der nach oben offenen Anerkennungsskala hochklettern. Wer halt sein Sach' sauber und adrett dastehen hatte, immer schön ordentlich und gepflegt, wer kein Unkräutle duldete (oder es wenigstens klein hielt), der war schon eher »einer von uns« und eben nicht einer von jenen grünen Ökospinnern, dieser Handvoll besserwissenden Studenten, die meinten, in ihrer Sauerei würden eines Tages Reben wachsen. Da könnten sie, radikaler als Horst noch, völlig ohne Spritzmittel, nicht mal biologische, Trauben ernten: Spinner halt, die man von Seiten der Einheimischen im doppelten Sinn des Wortes lieber links liegen ließ.

Nein, nein, soweit war er denn doch nicht gegangen. Obwohl Horst schon recht penibel auf biologischen und naturgemäßen Anbau achtete und den ›Spinnern‹ eigentlich innerlich viel, viel näher stand als den benachbarten Giftspritzern: Zu den Außenseitern in den Weinbergen mochte er sich dann doch nicht ganz so gerne zählen lassen, und deshalb machte er halt ab und zu auch etwas für die Optik, um die kritischen Augen der Ureinwohner hier im Tal zu besänftigen.

»So, so, der Horst – ja bisch du au mal wieder in deinem Weigert?«, riss ihn eine nur allzu bekannte Stimme aus diesen Überlegungen. Ja, wo denn sonst, du Rindviech? Aber bitte: Nerven behalten, sich zusammennehmen und freundlich antworten!

»Freilich, s'isch halt immer irgendwas zum schaffen, gell!«

»Du sagst es, neulich hab ich erst zu meiner Frau sagen müssen, du, den Horst, den sieht man au kaum noch im Wengert ...«

Peng! Da hatte er es schon abgekriegt! Kaum war man ein paar Tage nicht leibhaftig im Weinberg gewesen, schon ging das Geschwätz los. Musste man denn gleich auf seiner Scholle festwachsen, wie offenbar der überpenible Nachbar, der kein Gräsle wachsen lassen wollte – oder konnte?!

»Na ja, bei uns war in letzter Zeit ziemlich viel los, da hab ich keine Chance mehr gehabt, rechtzeitig fort zu kommen.«

»Ja, ja, das Schaffen, gell, wenn das net wär. Aber dieses Jahr wächst ja alles wunderbar, also die Trauben stehen ausgezeichnet da, fast schon zu gut, was meinst du dazu, Horst?«

»Der liebe Gott kann's uns halt nie recht machen. Aber ich finde auch, dieses Jahr gibt's womöglich einen erstklassigen Herbst. Doch, das muss ich schon sagen: So gut wie dieses Mal sind die Trauben bei mir noch nie dagestanden und deine erst, unwahrscheinlich!«

»Schon«, brummelte der Nachbar einerseits stolz, andererseits nachdenklich.

»Aber man soll den Tag nie vor dem Abend loben. Immerhin dauert's ja noch mindestens sechs Wochen, Horst. Und dazwischen ein Hagel und schon ist alles futsch, das geht ruck, zuck«, machte er mit sorgenzerfurchter Stirn einen auf pessimistisch.

Alte Übelkrähe, schoss es Horst durch den Kopf, doch wiederum fand er in für seine Verhältnisse bewundernswerter Falschheit die richtigen Worte: »Na ja, dann warten mir's halt ab, was sollen wir auch anders machen!

Also dann viel Spaß noch heut Abend!« Sprach's und wandte sich wieder seinen eigenen Trauben zu, die wirklich in diesem Jahr dastanden wie eine Eins. Das wäre doch gelacht, wenn da dieses Mal wieder etwas schief gehen würde, wie im letzten Jahr! Nein, bitte nicht in diesem Jahr – von wegen Hagel und dem ganzen damit verbundenen Terror! Nein, heiliger St. Kilian, dieses Mal nicht!«

Kapitel XXV

Auch an diesem Morgen schien die Zugfahrt in gähnender Langeweile zu verlaufen und genauso enden zu wollen. Weder der Zugnachbar war heute anwesend, über den man sich sonst immer so schön ärgern oder amüsieren konnte (machte wohl wieder mal auf krank, der alte Faulenzer!), noch schien irgendjemand von den Kollegen die Toilette zwischen dem Wagen erster und dem zweiter Klasse in Augenschein zu nehmen. Das hätte dem geübten Blick des Kommissars – wenn es so gewesen wäre – ja schließlich auffallen müssen! »Typisch«, dachte Horst für sich leicht säuerlich, »erst eine große Klappe riskieren, von wegen Oberservierung tagelang, und dann ist kein Schwein da, wenn was passiert. Und falls man nachfragt, was das denn soll, dann fangen sie wieder an mit Personalengpass oder so ... Aber wenn's ihr eigener Fall wäre, von Anfang an ihr eigener, ha, da würden sie doch eine ganze Hundertschaft in Trab bringen, wenn nicht mehr!«

Und so fuhr der Zug in Böblingen ein, hielt dort an, setzte sich wieder in Bewegung – und noch immer schien sich in keinem der Fahrgäste ein wie auch immer geartetes menschliches Bedürfnis zu regen. »Scheiße – im wahrsten Sinn des Wortes!«, brummte der Hauptkommissar düster vor sich hin, ganz dem Thema entsprechend, um im nächsten Moment wie vom Donner gerührt in Richtung Erster-Klasse-Wagen zu starren. Doch schon einen Augenblick später kam das Leben in ihn zurück und mit aller Macht drängelte er sich in den vollbesetzten Gang zweiter Klasse, begleitet von mürrischen Kommentaren der anderen Fahrgäste.

»Ja, was soll denn das, bleiben Sie doch stehen, wo Sie waren, da gibt's doch auch keinen Sitzplatz mehr, das sehen Sie doch, so ein Blödsinn aber auch!«, schimpfte ein hagerer Mitvierziger, der vom Kommissar zugegebenermaßen rigoros auf die Seite gedrückt worden war.

»Entschuldigung«, murmelte Horst ohne dabei große Zerknirschung an den Tag zu legen, »ich suche doch bloß einen festeren Halt und da vorne war's mir zu wackelig.«

»Na, das hätten Sie auch gleich sagen können, da hätten Sie net so gewaltig drängeln müssen«, gab sich der hagere noch immer leicht angesäuert.

Doch das kümmerte Horst im Augenblick nicht die Bohne, denn was er da aus dem Abteil erster Klasse hatte kommen sehen, beziehungsweise, wen er dort immer noch sah, ließ selbst ihm, der an Überraschungen gewöhnt war, den Atem stocken. Aber das hieß noch lange nichts, langsam, langsam! Horst zwang sich dazu, tief und ruhig durchzuatmen. Noch war nichts bewiesen, das alles konnte immer noch ein purer Zufall sein – zugegebenermaßen ein äußerst merkwürdiger – nur noch fünf Minuten Geduld, dann würde man ja (hoffentlich) sehen!

Kapitel XXVI

Das Klingeln des Handys riß Horst aus seinen Erinnerungen. Er erhob sich vom Toilettensitz und tastete nach dem Handy, das er zu Beginn seines unfreiwilligen Aufenthalts in diesem Teil des Zuges in die Hosentasche gesteckt hatte. Wieder eine völlig neue Erfahrung! Telefonieren auf der Zugtoilette bei Tempo 120!

»Ja bitte?« Horst war gespannt, wer sich am anderen Ende der »Leitung« melden würde, denn die Nummer seines privaten Handys hatte er nur an wenige gute Bekannte weitergegeben.

»Sag mal, du Warmduscher!« dröhnte es durch Horsts Gehörgang. »Wenn das ein Witz sein sollte, dann kann ich aber überhaupt nicht darüber lachen...«

Protnik! Das war unverkennbar die Stimme seines Freundes und Kollegen Michael Protnik, der dienstlich bei der Landespolizeidirektion in Tübingen zu tun gehabt hatte, und mit dem er sich für dessen Rückfahrt nach Ulm via Tuttlingen auf dem Herrenberger Bahnhof verabredet hatte. Ach Du meine Güte. Ja! Richtig! Auf dem Bahnhof verabredet! Und nun hatte der Eilzug ja gar nicht in Euringen gehalten, um Protnik in den Zug einsteigen zu lassen!

»Mensch Michael!« Horst war nun ehrlich zerknirscht. Hörte das heute denn aber auch gar nicht auf?! »Du, das tut mir aber wirklich leid! Ich habe überhaupt nicht daran gedacht, daß der Eilzug genau wie der ICE ja gar nicht hier hält! Tut mir leid, aber das habe ich schlichtweg nicht gewußt! Ehrlich!«

»Nicht gewußt! Ehrlich!« echote es säuerlich aus dem Handy zurück. »Ist doch klar, daß so ein Zug nicht an jedem Maulwurfshaufen hält! Aber wenn Du mir das so sagst und ich mich einmal auf meinen Kollegen verlasse...«

»Schon gut Michael, schon gut! Aber es ist nun mal, wie es ist! Weißt Du was: dann nimmst Du halt den nächsten Verbindungszug nach Horb und...«
»Den nächsten?« Die Wut in Protniks Stimme schien sich irgendwie noch gesteigert zu haben. »Der letzte ist vor einer halben Stunde losgetuckert – den habe ich ja ziehen lassen, weil ich mich auf Dich verlassen habe! Und der nächste: der fährt in einer guten Stunde! Bis dahin habe ich mir die Beine in den Bauch gestanden! Na warte: wenn das mit dem Treffen doch noch klappt, dann ist aber auf jeden Fall eine Runde fällig!« Der Gedanke an das kostenlose Weizenbier schien die Erregung des anderen nunmehr hörbar zu dämpfen. »Also gut: Du steigst dann halt in Horb aus und stehst die genauso wie ich hier in Herrenberg die Beine in den Bauch, bis ich komme. Geschieht Dir ja gerade recht...«

»Tja, hoffentlich!« Horst hatte da so seine leisen Zweifel, ob es mit dem Treffen wirklich klappen würde.

»Wie hoffentlich? Was soll denn nun das schon wieder heißen?«

»Na ja – es ist nämlich so: ich bin eingeschlossen!«

»Wie: eingeschlossen?«

»Na, halt eingeschlossen! Auf dem Klo!«

»Auf dem Klo?«

»Ja! Auf dem Klo!«

»Auf dem Scheißhaus im Zug eingeschlossen! Ich glaub, ich krieg die Tür nicht zu!« Protnik wieherte vor Lachen. »Das heißt natürlich: ich krieg sie in Deinem Fall nicht mehr auf! Hahaha!«

»Furchtbar komisch, gell!« Was es da eigentlich so blöde zu lachen gab!

»Typisch Horst! Kaum da, schon ist die Hölle los! Eingeschlossen auf der Zugtoilette! Ja sag mal, wie hast Du das denn hinbekommen?«

»Das erzähl ich Dir ein anderes Mal. Ich hab jetzt mit mir und dieser blöden Lage vollkommen genug zu tun. Also dann: bis Horb – wenn Du Glück hast!« Horst drückte den Aus-Knopf des Handys und starrte das Telefon einen Augenblick lang wütend an. Tja, wenn sie damals, vor gut zehn Jahren, schon so ein Teil hätten benutzen können! Wer weiß, wie die Geschichte denn dann ausgegangen wäre ...

Kapitel XXVII

Die fünf Minuten im dichtbesetzten oder vielmehr dichtbestandenen Gang des Eilzugwagens zweiter Klasse zogen sich zäh dahin, zäher als Kaugummi, dachte Horst, der vor Spannung schier platzte. Jetzt konnte es sich dann bald doch um keinen Zufall mehr handeln, oder? Das müsste eigentlich passen! Ja, doch! Der Moment der Klärung rückte immer näher. Das wäre ja noch mal schöner ... Derjenige, dessen Gesicht er zweifelsfrei wiedererkannt hatte, auch wenn er, wahrscheinlich als kläglicher Versuch einer Tarnung, eine dämliche modische Brille auf der Nase trug, saß tatsächlich immer noch auf der Toilette. Er saß (oder vielleicht stand er ja auch) sogar dann noch, als der Zug seine Fahrt merklich verlangsamte, kurz nachdem die Lokomotive einen Pfeifton von sich gegeben hatte. Man näherte sich der Baustelle, dem von Horst vermuteten Übergabepunkt für das Kokain!

Und ausgerechnet heute hatten die Kollegen auf eine Observierung verzichtet, ausgerechnet heute war er allein auf weiter Flur! Ganz allein auf sich gestellt! Und ausgerechnet jetzt regte sich auch noch der hagere, den Horst vorher so massiv bedrängt hatte. »Würden Sie mich bitte mal durchlassen?«

Horst dachte ja gar nicht daran zu reagieren, sondern starrte nach wie vor abwechselnd auf die Leuchtanzeige, die signalisierte, dass die Toilette im Moment besetzt sei, und auf die Klotür, hinter der vorhin das bekannte Gesicht verschwunden war. Wie ein Kaninchen auf die Schlange, schoss es ihm durch den Kopf, genauso hatte er die beiden Objekte fest im Visier, entschlossen, sich durch nichts und niemanden stören zu lassen. Und schon gar nicht von dem missmutigen hageren ...

»Hallo!«, drang dessen Stimme im selben Moment jedoch laut und ärgerlich an sein Ohr. »Würden Sie vielleicht die Güte haben, mich bitte durchzulassen, ich muss auf die Toilette!«

Ohne den Mann eines näheren Blickes zu würdigen, machte Horst einen halben Schritt nach vorn, doch die Tür ließ er dennoch keinen Sekundenbruchteil lang aus den Augen.

Der Hagere schob sich mit einem verärgerten Gemurmel an Horst vorbei in Richtung auf die zweite Toilette, blieb dann aber davor stehen, ohne die Tür zu öffnen, was Horst, der das sonderbare Verhalten aus den Augenwinkeln mitverfolgte, dann doch einigermaßen verwunderte. Diese Toilette war doch ganz offensichtlich frei, und grade eben hatte es das Arschloch doch noch so furchtbar eilig gehabt ... Eilig! Unschlüssig! Mensch!

Mit einemmal explodierte ein ganzer Kronleuchter in seinem Kopf! In der Tat, bei Licht besehen gab es jetzt eigentlich nur noch zwei Möglichkeiten. Die eine, dass die Sache mit der Kokainlieferung durch die Toilettenschüssel auch dieses Mal wieder schief gehen würde, weil nämlich der falsche Mann im richtigen Klo hockte, während der richtige wie auf heißen Kohlen wahrhaft unverrichteter Dinge davor stand. Die zweite Möglichkeit: Bei dem hageren Stinktier handelte es sich in Wirklichkeit nicht um einen normalen Zugreisenden, sondern eben doch um einen Kollegen vom LKA, der genauso wie Horst von seiner Position aus die ganze Zeit über die Toilette observiert hatte und sich nun derart in Stellung gerückt hatte, dass er sofort zugreifen konnte, sobald die Tür wieder aufgehen sollte. Und falls ... Ja, genau, falls der da drinnen direkt auf Höhe der Baustelle auf die Toilettenspülung gedrückt hatte ... dann hatte er sich damit sozusagen selbst ganz eindeutig ans Messer geliefert!

Die zweite Möglichkeit schien Horst, bei aller Skepsis, die gewohnheitsmäßig bei ihm mitschwang, dann doch die wahrscheinlichere zu sein: So viele Zufälle konnte es doch in Wirklichkeit gar nicht geben! Das wäre ja auch zu schön gewesen ... Der Zug hielt in diesem Augenblick mit metallischem Kreischen am üblichen Punkt und Horst konnte es aller Skepsis zum Trotz kaum noch erwarten. Er selbst war blöderweise zu weit vom Ort des Geschehens entfernt, um hören zu können, ob der da hinter der verschlossenen Klotür auf die Spülung drücken würde. Er warf einen verstohlenen Blick auf den mutmaßlichen LKA-Kollegen, aber dem Hageren, einem echten Pokerface, Donnerwetter, war nicht das Geringste anzumerken. Also alle Achtung, falls es sich bei dem Mann tatsächlich um einen Kollegen vom LKA handelte, dann machte er seine Sache verdammt gut. Denn wenn nicht einmal Horst gemerkt hatte, dass er die ganze Zeit über mit einem Kollegen praktisch auf Tuchfühlung gestanden hatte und dass dieser, ohne dass Horst davon das Geringste mitbekommen hatte, während der gesamten Zugfahrt die blaugrüne Toilettentür ins Visier genommen hatte! Die Lok vorne gab wiederum einen Pfeifton von sich und kurz darauf ruckelte der Zug allmählich wieder an.

Sekunden vergingen – ereignislos! Doch es waren nur Sekunden! Kaum hatten sie einigermaßen an Geschwindigkeit gewonnen, da öffnete sich tatsächlich die Toilettentür wieder und – Horst spürte sein Herz heftig pochen – Peter Schneider blickte dem Hauptkommissar Meyer erschrocken direkt ins Angesicht! Doch kaum hatte Schneider den ersten Schrecken verdaut und sich kommentarlos, gerade so, als hätte er Horst gar nicht bemerkt, blass wie die Wand wieder in Richtung Erster-Klasse-Abteil gewandt, da bestätigte der Hagere mit einem schnellen Schritt auf Schneider zu Horsts Theorie Nummer zwei nun auch in der Praxis. Mit der linken Hand hielt er dem völlig verdutzten Immobilienmakler seinen Dienstausweis unter die Nase, mit der rechten umklammerte er bereits Schneiders Oberarm, mit anderen Worten: Die Sache war so gut wie gelaufen!

Nunmehr völlig apathisch und in sich zusammengesunken ließ sich der Stuttgarter Kommunalpolitiker (und jetzt wurde die Sache vollends klar und durchschaubar) in ein ganz offensichtlich nur für diesen Zweck vom Landeskriminalamt freigehaltenes Abteil erster Klasse stekken, dessen Vorhänge zugezogen waren. Und dabei hatte jeder der Fahrgäste zweiter Klasse, die einmal mehr ohne Sitzplatz geblieben waren, voller Zorn vermerkt, dass das Abteil wohl wieder einmal nur deshalb leergeblieben sei, weil der Ministerpräsident seine für den heutigen Morgen angekündigte Zugfahrt dann aus welchen Gründen auch immer doch nicht angetreten habe. Da hatten sie also völlig zu Unrecht einen Zorn auf den unschuldigen Landespater geschoben, dem die Bundesbahn in treuer Pflichterfüllung vom ersten bis zum letzten Kilometer ein Extraabteil im vollbesetzten Zug freigehalten hatte, so wie man es sonst eben auch zu tun pflegte – und die Fahrgäste zweiter Klasse hatten in der ersten sowieso nichts zu suchen, selbst wenn es hier leer und dort rappelvoll war! Ordnung muss sein, wozu gibt es schließlich auch zwei verschiedene Klassen in unserer ach so klassenlosen Gesellschaft!

Na – da hatte man offenbar von Seiten des LKA den Personenschützern des auf äußerste Biederkeit bedachten Ministerpräsidenten mutmaßlich bedeutet, dass es in den nächsten Tagen ratsamer sei, den Dienstwagen zu nehmen, bevor irgendein Journalist womöglich die Geschichte riechen und eine Schlagzeile fabrizieren würde wie »Rauschgiftdealer beim Ministerpräsidenten«. Allein der Gedanke daran, das musste ja für den scheinbar so bodenständigen Bauernsohn vom Schwarzwaldrand die Vision des Leibhaftigen an sich verkörpern!

Kurze Zeit später kam der Zug samt Horst, den drei Kollegen vom LKA (ja, drei! – Horst hatte innerlich auf den Knien bereits Abbitte geleistet) und dem verhafteten Schneider im Stuttgarter Hauptbahnhof an, bereits erwartet von der Bahnpolizei. Immer noch leichenblass stammelte Schneider, der nunmehr ganz offensichtlich direkt auf den Trümmern seiner einst hoffnungsvollen Wirtschafts- und Kommunalkarriere stand, apathisch und ohne Überzeugungskraft in Richtung Horst: »Ich werde mich beschweren, sofort werde ich telefonieren, so geht man in einem Rechtsstaat doch nicht mit einem unbescholtenen Bürger um, sofort werde ich Herrn Dr. Unterhauser informieren. Ich verlange augenblicklich, mit Ihrem Chef verbunden zu werden!« Allmählich steigerte sich die anfangs so apathische Stimme immer mehr ins Hysterische. Und obwohl Horst mittlerweile ahnte, was Schneider alles auf dem Kerbholz hatte, fühlte er einen Rest von Mitleid mit diesem Menschen, der seine Zukunft seit heute Morgen endgültig hinter sich hatte. Alle Beteiligten wussten ja schließlich nur allzu gut, wie es nun weitergehen würde. Und tatsächlich, seine Ahnungen trogen ihn nicht: Natürlich war Unterhauser im Augenblick für alle möglichen und unmöglichen Zeitgenossen zu sprechen (erst recht für die Presse, die ihn wieder gebührend feiern sollte), nur für einen war er eben wundersamerweise nicht zu haben: Für Schneider, dessen Schuld ja nun zweifelsfrei feststand. Schließlich war zur Sicherheit ein LKA-Beamter als Bahnarbeiter verkleidet auch genau auf Höhe der Bahnbaustelle postiert und mit einem Sprechfunkgerät ausgestattet gewesen. Kaum dass der Inhalt der Zugtoilette also aufs Gleis geplatscht war, hatte er ihn, nachdem der Zug seine Fahrt wieder aufgenommen hatte, an sich genommen und den Inhalt als das identifiziert, was natürlich jeder schon ahnte: Kokain!

Kapitel XXVIII

Gerade hatte Horst dem doch einigermaßen verblüfften Weinmüller die ganze Geschichte haarklein geschildert, als das Telefon klingelte. Arglos hob Horst, immer noch in Hochstimmung ob des geglückten Coups, den Hörer ab: »Ja, bitte!? Meyer, Mordkommission!«

»Ja, und hier ist Otterbach«, tönte es vom anderen Ende der Leitung. »Ja, meinen herzlichen Glückwunsch aber auch, Herr Meyer, da haben Sie ja wirklich einen Riesentreffer gelandet. Also im Groben und Ganzen bin ich über die Geschichte natürlich bereits informiert ...«

»Kein Mensch hätte das vermutet ...«, kommentierte Horst säuerlich in den Wortschwall der Zecke hinein. Doch die Redelawine ging ganz offensichtlich unbeeindruckt weiter. Dass ein Mensch in der Lage war, dermaßen die Augen zu verdrehen! Weinmüller konnte über den Kollegen nur noch Bauklötze staunen: Er musste ihm unbedingt einen Auftritt bei »Wetten dass ...« oder einer ähnlichen Sendung vorschlagen, wenn das Telefonat vorüber war!

»Wie ... ob wir ihn auch wegen Mordes überführen können? Tja also ... ich weiß nicht ... nein, das wird wohl nicht möglich sein ... Nein, die Ermittlungen wegen dem Rauschgiftvergehen sind natürlich nicht mehr bei uns angesiedelt ... Und wegen dem Mord, ja freilich, da ermitteln wir weiter, aber da können wir jetzt noch nichts Genaues sagen ... Aber freilich, selbstverständlich halte ich Sie auf dem Laufenden ... Was, tatsächlich? Ha, da freue ich mich aber wirklich ... Ja gut, vielen Dank, auf Wiedersehen, Frau Otterbach ..., ja danke, richte ich gerne aus!« Wie immer nach solchen apokalyptischen Telefonaten (das ewig gleiche Ritual!) warf Horst Meyer, der sich wieder einmal nur mit Mühe hatte beherrschen können, wütend den Hörer auf den Apparat zurück.

»In die Luft schießen sollte man die beiden, diese Otterbach und unseren sauberen Unterhauser! Nie kann der die Klappe halten, dieses karrieregeile Arschloch, dem ist doch jedes Mittel recht, um in die Zeitung zu kommen. Aber gelobt hätte er uns, was wir doch für sorgfältige Recherchen angestellt hätten in so einem hochsensiblen kommunalpolitischen Umfeld. Er habe halt, das sei der Beweis, lauter handverlesene Spitzenbeamte. Mal wieder typisch: Sonst sind wir für den die Rindviecher in Person und er mimt dann den großen Strahlemann. Mein Gott – hoffentlich macht der bald seine große Karriere, dass wir ihn ja schnell von der Backe haben. Und hoffentlich bekommen wir dann endlich einen gescheiten Boss, sonst gehe ich freiwillig zurück nach Sibirien, das tue ich, so wahr ich hier sitze – meinetwegen sogar barfuß!«

Es dauerte einige Minuten, bis sich Horst, der selbstverständlich wusste, dass er freiwillig nie mehr nach Schwäbisch Sibirien gehen würde, wieder vollständig beruhigt hatte. Aber dennoch, trotz des Triumphs im Zug war der Tag für ihn dank dieses Telefonats und der damit verbundenen Begleitumstände so gut wie gelaufen.

Und erst recht den Kanal voll bekam er bei der Vernehmung von Schneider, der sich in der Zwischenzeit mit Hilfe seines Rechtsanwalts so weit gefangen hatte, dass er (entgegen der naiven Hoffnung von Weinmüller und Horst) ein wasserdichtes Alibi vorweisen konnte: Er habe nämlich die fragliche Nacht, in der der Mord an Holder geschah, bei seiner Sekretärin verbracht. Die dumme Kuh hatte seine Aussage bestätigt (man konnte sich denken, welche Absprachen da ganz eindeutig für den Fall des Falles schon im Vorfeld getroffen worden waren! Und welche Summe da aus welchen Kanälen auch immer wohl geflossen war!) und deshalb war nichts zu machen: Auch wenn die Sache bis zum Himmel stank und sich jeder durchschnittliche Anwärter für den Polizeidienst denken konnte, wie der Hase in Wirklichkeit gelaufen war.

Sie hatten es ihm auch – trotz der Proteste des danebensitzenden Winkeladvokaten – direkt unter die Nase gerieben: Dass nämlich Schneider, am Rande des Konkurses, seinen bereits bankrotten Mittäter und Untermieter aus Furcht, dieser würde bei einem drohenden Polizeiverhör in die Knie gehen, um die Ecke gebracht hatte. Doch nachweisen konnte man ihm den Mord wohl in hundert Jahren nicht. Es sei denn, die dumme Kuh packte doch noch aus, aber das war mehr als unwahrscheinlich. Und was blieb also unter dem Strich übrig: Eine Liebesaffäre Chef/Sekretärin, die es in Wirklichkeit so nie gegeben hatte, eine vollkommen bankrotte Immobilienfirma, eine Sekretärin, die sich mit ihrer Aussage den Zugang zu irgendeinem mittelprächtig gefüllten Schweizer Nummernkonto erkauft hatte, ein ›ungeklärter‹ Mordfall, ein kommunalpolitischer Skandal, eine Freundschaft zwischen Polizei und Kommunalpolitik weniger, ein LaVa, der wieder sorglos ein Zugabteil erster Klasse besetzen konnte, eine Verurteilung wegen Rauschgiftschmuggels und eine Lokalpresse, die tagelang in der Saure-Gurken-Zeit Stoff in Hülle und Fülle verarbeiten konnte!

Und auf der Strecke blieb – wieder einmal – die Wahrheit, die reine Wahrheit, aber was konnte man da als kleiner schwäbischer Kriminalkommissar schon machen: Da stand man wieder mal machtlos vis-à-vis!!

Zu allem Überfluss kam an diesem Abend auch noch der Hagel – und auch da konnte Horst nur ohnmächtig in der Ecke stehen: Die Weinernte für dieses Jahr jedenfalls war beim Teufel! Im wahrsten Sinn des Wortes – auch das noch! Jenseits Sakrament!!

Kapitel XXIX

Quietschend kam der Zug mit einem letzten gewaltigen Ruckler zum Stillstand. Wie damals! Verwirrt strich sich Horst mit der Rechten über die Augen. Dann fiel sein Blick auf die metallene Türklinke, die er immer noch fest in seiner anderen Hand umschlossen hielt. Die Türklinke! Richtig! Jetzt aber nichts wie raus! Raus!? Schneller gesagt als getan! »Horb! Hier Horb Hauptbahnhof« quäkte der Bahnsteiglautsprecher.

Der Kommissar öffnete das Klappfenster des Toilettenraumes und stellte sich auf die Zehenspitzen. Doch mehr als das Bahnhofsdach war nicht zu sehen. Nur zu hören: Da waren Stimmen! Richtig! Mehrere Stimmen, eine davon unmittelbar neben dem Toilettenfenster! Und wenn ihn seine Vermutung nicht gänzlich trog, dann musste es sich dabei um den Zugschaffner handeln! Na, Gott sei Dank! Es half alles nichts: Irgendwie musste er den Mann jetzt schnellstmöglich auf seine missliche Lage aufmerksam machen, bevor der wieder einstieg und mit dem Regional-Express samt seinem Gefangenen auf- und davondüste!

Er nahm also all seine Willenskraft zusammen und drückte den Mund ganz nahe an das einen Finger breit geöffnete Milchglasfenster. »Hallo! Hilfe! Ich bin eingeschlossen!« Also ehrlich, irgendwie war ihm das Ganze ja schon furchtbar peinlich und unangenehm! Aber was sollte er sonst schon unternehmen? Es blieb ihm ja nichts anderes übrig!

»Was? Wie? Hilfe!«, knorzte eine unfreundliche Stimme draußen auf dem Bahnsteig. »Wer macht denn mit so etwas Witze?«

Witze?! Der Kerl hatte wohl nicht alle Tassen im Schrank! »Ich mache keine Witze! Ich bin wirklich eingeschlossen!«, stieß Horst mit vor Ärger nun doch schon festerer Artikulation zu seinem Fensterspalt heraus.

»Eingeschlossen! Wo denn?« Man merkte dem anderen die Verunsicherung an. Dem Klang seiner Stimme nach schien er sich suchend in alle Himmelsrichtung zu drehen – vergeblich bisher.

»Na, hier im Klo natürlich!« Horst wurde es allmählich zuviel! Nie wieder würde er solch eine Rumpelkiste besteigen, oder zumindest würde er sich seinen Toilettendrang verkneifen, bis ans Ende der Reise, ganz egal, wo und wann dieses Ende käme ...

»Im Klo!« Der Schaffner da draußen spie das Wort förmlich auf den Bahnsteig. »Aber wieso denn?«

»Weil die verdammte Türklinke abgebrochen ist und weil ich ...« Doch in diesem Moment wurde der Eingeschlossene jäh unterbrochen. Irgendjemand schien sich heftig an der Tür zu schaffen zu machen. Immer wieder versucht da einer, von außen die Klinke herunterzudrücken. Horst wandte verwirrt den Kopf vom Fenster zur Tür und dann wieder zurück. So schnell konnte der Kerl doch nicht vom Bahnsteig ins Zuginnere

gesprintet sein! Unmöglich! Aber wenn der nicht, wer dann ...

Die Frage sollte augenblicklich geklärt werden! »Ja, was soll denn das? Machst du da drinnen jetzt gefälligst die Tür auf und lässt andere auch mal auf den Topf, oder was gibt's da drinnen so Interessantes?« Der andere draußen, der ganz offensichtlich ein falsches Bild von den Verhältnissen hinter der Tür in seinem Kopf bewegte, pochte nun ungehalten gegen den Sperrholzrahmen.

»Aber ich ...« Doch weiter kam der unfreiwillige Dauergast auf der Zugtoilette gar nicht.

»Aha, gut dass Sie kommen, Herr Schaffner!«, hörte er den Menschen draußen sagen. »Da scheint sich einer da drinnen verschanzt zu haben! Wahrscheinlich ein Schwarzfahrer, wetten?«

Horst sandte einen verzweifelten Blick zum Himmel – in diesem zweifelsohne eher beengten Fall also zur Toilettendecke. Und siehe da: Im selben Moment rührte sich auch schon etwas in der Türverriegelung. Mit einem Vierkantschlüssel öffnete der Schaffner das Schloss und drückte die Toilettentüre nach innen.

»So – mal sehen, was für einen Vogel wir da drinnen eingesperrt haben!« Bei dem Retter handelte es sich ganz augenscheinlich um einen gewichtigen Zeitgenossen – und das im wirklichen Sinn des Wortes, denn mit einemmal war der eh schon recht beengte Toilettenraum gefüllt bis auf den letzten Quadratzentimeter.

»Ja, das darf doch einfach nicht wahr sein!« Horst glotzte entgeistert in das feiste Antlitz seines Retters!

Auch dem Schaffner schien in diesem Augenblick ein düsteres Licht aufzugehen: »Sie? Hier? Was haben Sie denn schon wieder vor? Also ehrlich, auf solche Überraschungen kann ich verzichten, und zwar herzlich gerne!«

»Ganz meinerseits!«, knurrte der Kommissar zurück. Sollte noch einmal jemand sagen, es gebe keine Zufälle auf dieser Erde: Da war er doch, der dicke Schaffner von damals! Genau jener, der sich seinerzeit mit der unglücklichen Schwarzfahrerin angelegt hatte, an diesem einen Morgen im August ... damals, als das ganze Drama seinen Anfang genommen hatte.

»So, so! Und dann die Zugtoilette demolieren! Das haben wir gern!« Ein böses Lächeln machte sich im Gesicht des Schaffners breit. Kopfschüttelnd zückte er einen Kugelschreiber: »Na, da werde ich wohl oder übel eine Schadensmeldung aufnehmen müssen ...«

Horst war sich noch Wochen später nicht sicher, was genau passiert wäre, wenn nicht im selben Augenblick einer der neu in den Zug steigenen Fahrgäste dem Schaffner nicht interessiert über die Schulter gelinst und einen freudigen Überraschungsruf ausgestoßen hätte. »Ja, Horst! Das ist doch der Horst! Was machst du denn da?«

Obwohl er seinerzeit am liebsten in der Schüssel der Zugtoilette verschwunden wäre, musste sich Horst eingestehen, dass diese arglos-überrascht gestellte Frage die

Situation im Grunde genommen merklich entspannt und ihn wahrscheinlich letzten Endes auch vor einer Anzeige wegen schwerer Körperverletzung bewahrt hatte ...

ENDE

Schwabenkrimis

spannend, witzig, unterhaltsam

Gunter H a u g

Todesstoß

Mord beim größten Ritterturnier der Welt! Auf Schloss Kaltenberg zwischen Augsburg und Landsberg ist vor den Augen von zehntausend entsetzten Zuschauern ein heimtückischer Mord geschehen. Und genauso zufällig anwesend wie mitten drin im Geschehen: Horst »Hotte« Meyer, der Kommissar aus Heilbronn, der eigentlich nur ein vergnügliches Wochenende mit seiner Familie bei dem Mittelalterspektakel erleben wollte.

Als dann noch die Spur ausgerechnet ins württembergische Unterlad führt, ist »Hotte« wie elektrisiert. Wieder einmal glaubt keiner der Kollegen seinen Hypothesen, und die Lösung des Falls scheint im Sande zu verlaufen, bis er dann fast ein Jahr später beim mittelalterlichen Markttreiben in Heilbronn auf ihm merkwürdig bekannte Akteure mit noch merkwürdigerem Benehmen trifft.

278 Seiten. 11x 18 cm. Paperback. ISBN 3-926633-46-8. EUR 9,90. Unser Extra: Farbiges Lesezeichen.